光文社文庫

長編時代小説

夫婦《めおと》笑み

父子十手捕物日記

鈴木英治

光 文 社

目次

夫婦《めおと》笑み　父子十手捕物日記

第一章　手荒れ仏

一

どきどきしてきた。

まるで、これから好きな人と逢《あ》い引《び》きに出かけるかのようだ。心の臓が痛いくらいで、お春《はる》は胸を押さえた。

足をとめ、息をつく。ほんの少しだけ痛みが遠のいた。そっと空を仰ぎ見る。

穏やかな陽射《ひざ》しがやわらかく顔に当たる。空には雲一つなく、蒼穹《そうきゅう》と呼ぶべき深い青みがどこまでも広がっている。

太陽はにっこりと笑いかけるような、のどかな光を地上に投げかけ、澄みきった風は木立を揺らしてさらさらと流れて頬《ほお》をなぶってゆく。

なんともよい日になったものだ。今日のような場合、集まり日和《びより》とでも呼べばよいのだろうか。

暑くもなく寒くもなく、伸びをしたくなるほど気持ちがよい。行きかう人たちの表情も和み、どこかゆるんでいる。

毎日、こんな日和だったら暮らしていてどんなに楽だろうかと思うが、夏の厳しい暑さや冬の凍えるような寒さがあるからこそ、こういう日が心の底からありがたく感じられるのだろう。

それにしても、とお春は思う。どうしてこんなにどきどきしているのか。久しぶりに懐かしい友のみんなに会うということで昂《たか》ぶっているのはわかるが、今から足を運ぼうとしているのは、胸に痛みを覚えるような集まりではない。

やはり、結婚したことで皆に対して照れがあるのだろうか。人の妻となっている自分が皆にどんなふうに見えるのか、気になって仕方ないからか。

いや、ちがう。自分でこんなふうに思うのは厚かましいことこの上ないが、きっと今の私は全身が光り輝いているはずだ。それは夫との暮らしが楽しくてならず、幸せの絶頂にあるゆえだが、そのまぶしさを目の当たりにした友たちに幸福ぶりを冷やかされるのがわかっているがゆえに、なにか喉《のど》のあたりが甘がゆいような、息苦しいような感じに襲われるのだろう。

お春はもう一度、息を吸った。肌におしろいがなじむように心が落ち着いてきた。

再び歩きだす。それを合図にするように、これまでとは一線を画すような強い風が吹きすぎ、足元の土をさらっていった。路上でみみずでもついばんでいたらしい雀《すずめ》たちが驚いたように飛び立つ。風とともにざざっと舞いあがった砂埃《すなぼこり》が、お春を取り囲むように立ちあがる。

お春はぎゅっと目を閉じた。着物の裾《すそ》がめくれあがったのを知り、あわてて押さえる。道を行く若い娘たちから悲鳴のような声があがり、お春と同じ仕草をしているのが伝わってきた。

風はすぐにやみ、砂埃もあっけなくおさまった。お春はおそるおそる目をあけた。娘たちは、今のはなに、いきなりでびっくりしたわねえ、と言葉をかわしながらも歩を進めだしている。

風は先ほどまでの穏やかさを取り戻し、木々は静かに揺れている。

お春は着物に乱れがないか、確かめた。なにしろ、今日は、特にいい着物を身につけているのだ。文之介《ふみのすけ》に目一杯おしゃれをしていくように、といわれたのを忠実に守ったのである。鮮やかな茜《あかね》色の留袖《とめそで》に、墨色《すみいろ》の帯をきりりと締めている。とんぼ柄の留袖は絹で、肌触りがふんわりとして、とてもやさしい。

今度の集まりがあることを告げたとき、文之介は別におしゃれをする必要はないようなことをお春にいったが、翌日の朝には前言をひるがえした。これはきっと勇七《ゆうしち》に、女心を解していないようなことをいわれたからにほかあるまい。

あの人にはそういう素直さがある。頑固なところもあるが、意固地になるようなことは決してない。正しいと判断した助言や忠告は、あっさりと受け容れる。ああいうところは、我が夫ながら見事だと思う。

そんなことを考えつつ、お春は足を運び続けた。

五百ばかりの歩を刻んだのち、静かに足をとめた。

目の前に大店《おおだな》が建っている。大勢の人がかすかに揺れる暖簾《のれん》を払って、出たり入ったりしている。

広い屋根に掲げられた巨大な扁額《へんがく》には、湊屋《みなとや》と太く盛りあがった字で記されている。店の横に張りだした看板には塩と墨書され、そのすぐ脇《わき》におにぎりの絵が遊びで描かれている。

その絵を見て、お春は懐かしさを覚えた。小さな頃《ころ》、あのおにぎりを見るたびに、よく空腹を感じたものだ。母に、あれと同じものをこしらえてほしいとわがままをいったこともある。

あの絵のせいでもあるまいが、昔から塩むすびは好物の一つである。特に、この店の塩で握ったおむすびは美味だった。

お春は店先にたたずみ、しばし懐かしさに浸《ひた》った。それから我に返ったように歩きだすと、横手の路地に入りこみ、店の裏側にまわった。

高い木の塀がめぐらされた裏口の前には、やや歳《とし》のいった女中が立っていた。お春が近づいてゆくと、にっこりと柔和な笑みを見せた。

「いらっしゃいませ。御牧《みまき》さまでいらっしゃいますね」

いきなり嫁ぎ先の姓をいわれて、お春はまじまじと女中を見つめた。左の目尻《めじり》にある泣きぼくろに見覚えがある。

お春のなかで、鮮やかに記憶がよみがえった。昔からこの店の住居側に奉公している女中である。部屋で遊んでいるところに、よく茶と菓子を持ってきてくれたものだ。

つまりこの女中は、幼い頃から数え切れないほどこの店に遊びに来ていたお春が、長じた今どういう暮らしを送っているか、ちゃんと心得ているのである。

「皆さま、お待ちでいらっしゃいます」

女中が笑みを絶やさずにいう。

「私が最後ですか」

「いいえ、あとお二人がまだでいらっしゃいます」

それをきいて、お春は安堵《あんど》の息をついた。

どうぞお入りください、という言葉とともに裏口の戸があいた。濃い緑が目を打つ。

苔《こけ》むした庭のなかを、碁石のような形をした白と黒の敷石が続いている。

そういえば、とお春は思いだした。この店のあるじの儀左衛門《ぎざえもん》は碁が趣味で、無上の楽しみにしている。

別の若い女中の案内で、敷石を踏んでお春は歩きはじめた。途中で敷石は枝分かれし、築山《つきやま》の背後に建てられた離れに向かっている。

離れは茶室のような趣《おもむき》の建物だが、かなり広く、十畳が一間に二間の八畳があるのをお春は知っている。築山の向こうから、女たちの笑い声が波のように寄せてくる。

その声にも懐かしさを感じた。またどきどきしはじめた。お春は胸を押さえ、女中のあとをことさらゆっくりと歩いた。

二丈ばかりの高さの築山をすぎると、離れが視野に入りこんできた。八畳間にはさまれたまんなかの十畳間の腰高障子《こしだかしょうじ》があけ放たれており、座敷の思い思いの場所に腰をおろしている女たちの姿が見えている。

もうすでに六人ばかりがいる。誰もがおしゃべりに夢中で、こちらに目を向けようとする者はいない。その甲高い声には、樹間を飛びかう小鳥たちのさえずりに通ずるものがある。

二つの大きな沓脱石《くつぬぎいし》の上に、女物の履物《はきもの》がところ狭しとのっている。どうぞこちらに、と女中にあいているところを示されて、お春は履物をそこで脱ごうとした。

「お春ちゃんじゃないの」

一人が頓狂《とんきよう》な声を発した。お春はにこりとした。

「おとくちゃん、元気そうね」

「早くあがりなさいよ、お春」

呼び捨てにしたのは、いつも元気がよかったおとよである。昔と変わらず、今も肌はつやつやとして血色がいい。まだどこにも縁づいていないが、きっと婚家でもこの元気さは保たれるのではあるまいか。

お春はその言葉にしたがい、座敷にあがりこんだ。脱いだ履物をていねいにととのえようとしたが、それは女中が手早くしてくれた。ではこれで失礼いたします、と一礼して引き下がってゆく。

ありがとう、とお春は女中に礼をいった。

「お春ちゃん、まぶしいわ」

「幸せそうね」

「前よりも、ずっときれいになったわよ」

「大事にしてもらっているのね」

「うらやましいわ」

そんな声が次々に飛んできた。誇らしかったが、どこかお春にはくすぐったかった。ありがとう、としか返す言葉はなかった。

「お春、ここに座りなさいよ」

そういったのは、ここ湊屋の娘であるおふさである。ふっくらとした頬に微笑をたたえ、ゆったりとした姿勢でこちらを見ていた。すでに母親としての貫禄《かんろく》があった。かたわらに、厚い布にくるまれて、すやすやと寝息を立てている赤子がいる。女たちのかしましいおしゃべりをものともせず、眠っている姿はたくましかった。生命というものを強く感じさせる。

「この子がおあさちゃんね」

おふさへの挨拶《あいさつ》もそこそこに、お春は畳に手をついて赤子をのぞきこんだ。生まれてまだ二月もたっておらず、いかにも小さい。楓《かえで》にも形容される手をぎゅっと握りこんでいるのが、かわいらしい。夢でも見ているのか、なにか口のなかでつぶやいている。いい夢なのだろう、ほほえんでいた。

そのあまりのけがれのなさに、お春の胸はしびれたようになった。天からのつかわされ者というのは、まことのことなのではないか、と思った。

「かわいい。笑っているわ」

「この子、私に似たのか、とてもよく笑うのよ。起きているときも、私を見て、きゃっきゃやきゃっきゃって。その顔を見ていると、私も自然に笑みがこぼれるの。ああ、私、幸せだなあって心から思うわ」

その気持ちは、子はまだだが、お春にもよくわかる。

「ねえ、お春はいつなの」

問うてきたのは、おくにである。この娘は器量よしで、降るほどの縁談があるらしいのだが、決まったという話はきかない。

お春は首をかしげた。

「さあ、これぱっかりはわからないわ」

「まあ、そうでしょうね。神さまからの授かり物ともいうし」

「お春、ちゃんとするべきことはしているんでしょうね」

ずけりといったのは、おしなだ。もともと遠慮のない口をきく娘ではあるが、女同士の集まりということで、慎み深さというものはさらに消えているようだ。

おしなのこういう物いいには慣れているとはいえ、さすがにお春は下を向いてもじもじした。

それを見て、おしながくすりと笑む。ほかの娘たちがどっと笑った。

「お春、大好きだった人と一緒になったたっていうのに、まったく変わっていないわね」

おしながうれしそうにいった。

「もちろん、することはしているわよね。だってお春、光の着物をまとっているみたいにまぶしいもの。それって、旦那《だんな》さまに大切にされているなによりの証《あかし》よね」

「ええ、ほんと。旦那さま、お春ちゃんのこと、片時も手放さないんじゃないかしら」

同意してみせたのは、最初に声をかけてきたおとくである。

「いいなあ、私もそんなやさしい旦那さま、ほしいわ」

「ひたすら自分に夢中になってくれるというのがいいわよね」

これはおくにがいった。

「あらだって、おくにちゃんは、いろんなところから縁談が舞いこんでいるんでしょ」

お春にいわれて、おくにがきゅっと眉根《まゆね》を寄せる。そんな少し険《けわ》しい表情にも美しさがにじみ出る。

「それがねえ、いい男、いないのよ。一人もよ。びっくりするくらい」

「おくには高望みなのよ」

おしながあっさりと決めつける。おくにが口をとがらせる。

「そうかなあ。私、選んでなんかいないつもりなんだけど」

「選んでいる人に限ってそういうふうにいうものよ。――でもお春、旦那さまは御番所《ごばんしょ》のお役人でしょ。お春に夢中になって仕事に障《さわ》りが出ないの」

「私に夢中になんてことはないから、仕事のほうは大丈夫。今朝もなにかあったらしくて、朝餉《あさげ》もそこそこに元気よく飛びだしていったわ」

「今朝って、なにがあったの」

おふさにきかれた。

「さあ、私にはよくわからないんだけど」

「まあ、そうでしょうね。でも飛びだしていったただなんて、きっと物騒な事件なんでしょうね」

「最近、そういうのが続いているものね」

おふさの言葉に深くうなずいたのは、おりんだった。いつも無口で、人の話をにこにこきいていることが多く、今日もこれが初めて発した言葉だ。

「砂栖賀屋《さすがや》さんの押し込みに、三人のお侍が殺された事件もあったわね。この事件は三人とも顔を潰《つぶ》されていたっていう噂《うわさ》があるし、そんなことを書いた瓦版《かわらばん》もあったらしいんだけど、お春、本当なの」

「それも知らないの」

お春はすまなげにおりんに答えた。おしながすぐさましゃべりだす。

「三人の顔を潰されたお侍って、松平駿河守《まつだいらするがのかみ》さまの家臣という噂もあるけど、それも本当のことなのかしら」

その噂は、確かにお春もきいている。だが、文之介にそのことはきけないし、きく気もないから、真偽のほどは定かではない。

そのとき赤子が、ああーん、とむずかりだした。あらあら、どうしたのかなあ、とおふさがおあさの顔をのぞきこむ。まったくあわてておらず、このあたりはやはり母親という感じだ。

「おしめは大丈夫ね。おなかが空《す》いたのかしら」

おふさが横を向き、手際よく着物の前をはだけた。乳房にむしゃぶりついたおあさは、ぐいぐいと乳を吸いだした。

その様子を、お春を含めた六人の女がじっと見た。どの女の顔にも、やっぱり赤子はいいわ、との思いが浮かんでいる。

「それにしても、おみよちゃんにおくめちゃん、遅いわね」

おあさに乳を与えながら、おふさが案じ顔のなかに少しだけ誇らしげな表情をにじませていった。まだ来ない二人のことは、お春も気にかかっていた。

「じき来るわよ」

おくにがなんでもないことのようにいう。

「あの二人、集まりのときにはいつも遅かったじゃないの」

ああ、そうだったな、とお春は思いだした。つまりおみよにおくめの二人に変わりはないというわけだ。

まだ顔を見せない二人だけではない。ここにいる幼なじみ全員がそうだ。まったく変わっていない。たくましく変わったのは、子を生んだおふさだけである。それだって、性格は昔とまったく同じだ。

やっぱりいい、とお春は強く感じた。昔に帰れたような気がする。

「そうはいっても、うちの奉公人に昼餉《ひるげ》の支度をしてもらっているから、あまり遅くなられるのも困るのよ」

おあさをそっと横たわらせたおふさが着物の前を直していう。

「あら、もうそんな刻限なの」

おとくが驚いたように口をひらいた。

「ええ、じき九つじゃないかしら」

そういわれてみれば、お春も空腹を感じてきている。今朝は文之介があまり朝餉を食べずに出かけたから、自分もそんなにとっていない。

「お春、二人が来るまでのあいだ、これでもつまんでいて」

おふさが、煎餅《せんべい》とあられの入った木の容器をまわしてきた。

「お茶ももうくるはずだから」

「ありがとう。いただきます」

お春はあられに手を伸ばし、そっと口に持っていった。歯で割ると、かしゅんという音がして、米の甘みと醤油《しょうゆ》の旨《うま》みが一杯に広がる。懐かしい味だ。

「ああ、やっぱりおいしい。筒井屋《つついや》さんのあられね」

「ご名答」

筒井屋というのは、近所にある煎餅屋である。父親の藤蔵《ふじぞう》もここの煎餅には目がなく、幼い頃、お春はお駄賃《だちん》目当てによく買いに走ったものだ。

あられがあまりにおいしいので、お春は調子に乗って三つ、立て続けに食べた。

「お春ったら、小さい頃に戻ったみたいね。前からあられやお煎餅は大好きだったけど」

おとくにいわれて、お春は手をとめた。

「はしたなかったかしら」

「そんなことはないわ」

おとくがにこにこしている。

「お春らしい」

そのとき、不意にお春は吐き気を覚えた。胃の腑《ふ》におさめたばかりのあられが口から出てきそうだ。そんなことは、この場では決してできない。お春は必死にこらえた。

「お春、大丈夫」

あわてて立ちあがったおしなが、背中をさすってくれる。

「ありがとう。もう平気よ」

「本当に大丈夫なの」

「ええ、へっちゃらよ」

お春はしゃんとし、つくりものでない笑みを浮かべた。強がりではなく、本当にもうなんでもない。体のどこにも気持ち悪さはなかった。

今のはいったいなんだったのかしら、と考えつつ、ふう、と深い息をついた。

「いきなり吐き気がこみあげてきたから、びっくりしちゃった」

「ねえ、お春」

おふさが静かに呼びかけてきた。目がいつになく真剣だ。

「あなた、もしかして……」

「えっ、なーに」

お春がのんきに問い返したから、おふさが苦笑する。

「まったくもう。他人のことには勘がいいのに、自分のことには相変わらず頭がまわらないのね」

このことは、お春が文之介に対していつも感じていることだ。自分もおふさたちにそういうふうに見られていたことに、軽い驚きを覚えた。似た者夫婦ということなのだろうか。

おふさがお春に向かって身を乗りだした。黙って見守る風情《ふぜい》のおしなたちは、おふさがなにをいおうとしているのか、すでに承知している顔つきだ。

おふさがささやくような口調で告げる。

「お春、できたんじゃないの」

二

目を閉じている。

役者とは正反対の黒い顔をし、口元は穏やかに引き結ばれている。まるで、死を予感していたかのような達観の表情をしている。歳は五十をいくつかすぎているだろうか。坊主頭で、質素だがなかなか上等の着物を身に着けている。いかにも僧侶《そうりょ》を思わせるような風貌《ふうぼう》をしているから、なおさら悟りをひらいたような表情に見えるのかもしれない。

文之介と勇七は顔を並べて、仰向けに横たわる死骸《しがい》を見つめた。

着衣が、ものの見事に袈裟懸《けさが》けに切り裂かれている。傷口は、およそ二尺にわたって体に刻まれていた。二つに割れた肉が赤黒く盛りあがり、そこから臓腑《ぞうふ》がのぞいている。はらわたがどろりと流れだしている。血は出きっており、地面をちがう色に染めていた。すっかり乾ききっており、一時はひどく粘ついていたはずの土はすでにかたくなっている。

かたわらに、提灯《ちょうちん》の燃えかすが転がっていた。この仏が手にしていたものだろう。紙はすべて燃えてしまっているが、骨組みの竹がわずかに残っている。

「こいつはまた、すさまじい腕をしてやがるぜ」

勇七以外の誰にもきこえないように、文之介はつぶやいた。近くに町役人《ちょうやくにん》が立って、文之介たちを見守っている。少し離れたところでは野次馬《やじうま》がひしめき合い、興味津々《しんしん》の目で見つめている。野次馬たちが近寄ってこられないように、自身番《じしんばん》の小者《こもの》たちがぢりと垣をつくっていた。

「例のお方の仕業じゃないですか」

勇七が押し殺した声で返す。

例のお方というのは、松平駿河守信法《のぶのり》のことである。文之介たちの幼なじみの玉蔵《たまぞう》が仕えていた八千五百石の大身《たいしん》の旗本だ。それだけでなく、現将軍の実の息子でもある。顔を焼かれて首を落とされ路地に放られた三人の死者のうち、一人が玉蔵だった。

もちろん、玉蔵たちを手にかけた下手人が松平駿河守であるという確信はなく、殺したとしてもどうして家臣を虫けらのごとく殺すという真似《まね》をしたのか、さっぱりわからないのだが、実際に文之介を襲ってきた頭巾《ずきん》の侍の目が、大名駕籠《だいみょうかご》の引き戸越しに見た松平駿河守の目と一致している。

あれは見まちがいなどではない。八丁堀《はっちょうぼり》の屋敷の近くで襲ってきた者は、紛《まぎ》れもなく松平駿河守だ。おそらく探索の目が自分に向いたことを知り、文之介の口を封じようとしたにちがいない。

そこまで確信があっても、相手が将軍の息子ということで、町方同心《まちかたどうしん》には手のだしようがない。

必ずとっつかまえてやるという揺るがない思いは心に根を張っているものの、文之介と勇七は今のところ、切歯扼腕《せっしやくわん》するほかなかった。

しかし、文之介には疑問が一つある。町方役人が将軍の息子に手だしのしようがないことは、松平駿河守もわかっているはずだ。それなのに、口封じに襲ってきたというのはどういうことなのか、文之介のなかで合点はいっていない。そんなことは、せずともよいことにすぎない。

文之介は勇七に向かってうなずきかけた。

「うむ、勇七のいう通りかもしれねえ。あのお方というのは十分に考えられる」

この前、文之介を襲ってきた者はすさまじいまでの腕をしていた。こうしてふつうに息をしていられるのが、奇跡ではないかと思えるほどだ。

そして、目の前に横たわる死骸に与えられた傷は、あのときと同等の腕を誇る者によるものであるのは明らかである。

「やはり、例のお方による辻斬《つじぎ》りと考えていいんですかね」

低い声で勇七が問いを発する。

「ふむ、辻斬りか」

文之介はいって眉を寄せた。

「さて、どうだかな」

「旦那は、辻斬りなどではないと考えているんですね。あっしも、これが本当に辻斬りなのかと思いますよ」

文之介は顔をあげて、忠実な中間《ちゅうげん》に目を当てた。

「どうしてそう思う」

「やはりこの傷口ですね。旦那のいう通り、この傷口は、どうしても例のお方を思い起こさせます。ただの辻斬りとして片づけるわけにはいかないって気がしますよ」

「この仏が殺されるには、なにか理由《わけ》があるってことだな。悟ったような顔をしているが、この仏はそのことを、俺たちに教えようとしているんじゃねえかって、感じている」

文之介の言葉を受けて、勇七がさらに声を低める。

「この仏さんは、この路地を向こうからやってきたんですよね」

文之介は、勇七の指し示す方角に顔を向けた。ここは深川猿江町《ふかがわさるえちょう》の狭い路地である。

まわりはおびただしい町家が建てこんでいるが、東側だけは広大な武家屋敷の高い塀が連なっている。

そちら側から低い陽射しが斜めに入りこんで、路地をほんのりと照らしている。ただ、死骸のあるところは陰になっており、少し薄暗い。ひんやりとした大気も、沈むように残っていた。

文之介たちが、辻斬りとの一報を受けてこの場に駆けつけたとき、死骸は、この武家屋敷の塀に沿うように横たわっていた。むろん、この無残な死骸は、見つかったときから今に至るまで一度たりとも動かされていない。

「ああ、この仏さんはこの路地を南から北に向かって、行こうとしていたんだろう」

「そこをおそらく目の前に立ちはだかられて、一刀のもとに斬り殺された」

「ああ、そういうことだろう」

文之介の脳裏に、その場面が生々しく浮かんできた。頭巾をかぶった侍が、にやりと笑んで刀を振りおろす。驚く間もなく、斬られた男は地面に力なく横たわり、血だまりのなかで絶命する。

いや、斬られた瞬間、男の魂はあの世に向かって旅立っていたのかもしれない。男の体に残された斬り口はそれだけのもので、男は痛みなど一切感じなかったのではあるまいか。

「この仏さんは、北に向かって歩いていたということですね。北のほうに家があるんでしょうか」

「そうかもしれねえ。殺されたのは、この血のかたまり具合からして、おそらく昨夜遅くだろう。その刻限なら、どこかに出かけた帰りだったとしてもおかしくねえ」

「今、この仏さんが殺されたのは昨夜遅くといいましたけど、正確にはどのくらいの刻限ですかい」

「正確にってのは、さすがにむずかしいが。そうさな」

文之介は顎《あご》に手を当て、死骸にあらためて目を当てた。

「ふむ、四つから八つくらいにかけてじゃねえかな。どうもそんな気がする。紹徳《しょうとく》先生の検死を待たなきゃいけねえが、そんなにずれちゃいねえだろう」

顔を横に向け、たたずむ風情の町役人の一人を手招いた。

「三右衛門《さんえもん》、ちょっと来てくれ」

「はい、ただいま」

立ち続けているのに飽きていたのか、むしろほっとしたように答えて、白髪《しらが》の町役人が寄ってきた。あとの四人の町役人はその場を動かず、こちらをじっと見ている。

「さっききいたが、この仏さん、この町の者じゃねえんだな」

「はい、他の者たちとも確かめ合いましたが、この町で暮らしている方ではありません」

「顔に見覚えは」

文之介にいわれて、三右衛門が死骸に手を合わせてから控えめに面を見る。風が二度ばかり武家屋敷の梢《こずえ》を騒がせたのち、顔をあげた。ゆっくりとかぶりを振ってみせる。

「いえ、申しわけありませんが、見覚えはありません」

「他の者たちも同じかな」

「先ほどはそう申していましたが、もう一度確かめさせますか」

「そうしてもらったほうがよいな」

三右衛門が四人の町役人を招き寄せ、文之介の言葉を伝えた。四人は合掌《がっしょう》してから死骸の顔に目を据えた。

四人とも、見覚えはありません、と口をそろえた。

「目を閉じちまっているから、まったくの別人に見えるってこともある。あいていると想像して、もう一度見てくれねえか」

承知いたしました、といって三右衛門も死骸をじっと見はじめた。他の四人も同じようにしている。

文之介もじっくりと見た。勇七も文之介にならっている。

ふむう、と文之介は心中でうなり声をあげた。見れば見るほど、どこかの僧侶にしか思えなくなってくる。

高名な僧侶ということはないのか。しかし、そういう身分の高い僧侶が夜間、供もなしに一人で出歩くとは考えにくい。それに、僧侶ならば外出するときは袈裟を着ているのではないか。

加えて、最初に目にしたときに感じたことでもあるが、高僧にしては色黒にすぎるような気がする。全身から血が抜けてしまっており、幾分か肌が白さを帯びてきているとはいえ、黒さは隠せない。

高名な僧侶に色黒の者がいないとはいわないが、この色の黒さは日焼けのせいではないのか。高僧と呼ばれる者が、これだけ日焼けするものなのか。

ほかになにか見えてくることはないか。

文之介は、死骸の手が意外に荒れているのに気づいた。百姓衆のような手をしているといってよい。指は太く、手のひらは分厚く、力仕事が得意だったように見える。日焼けしていることと合わせ、野良仕事でもしていたのか。

ただし、爪《つめ》のあいだに汚れはない。むしろ手入れされているかのように、爪はきれいなものだ。今はもう血がめぐっていないからどす黒くなってしまっているが、生きていたとき、きれいな桜色をしていたのではあるまいか。

もっとなにか見つけられないか、文之介は目を凝らした。

足はふくらはぎがかなり太い。これはよく歩いている証だろう。履いているのは草履《ぞうり》である。これもけっこう上等な品だ。ゆったりとした厚みがあり、鼻緒には印傳《いんでん》が用いられている。

「やはり見覚えはございません」

一人のやや若い町役人がいった。他の町役人たちも同じ答えだった。

死骸の男がこの町内の者でないのが、これで確実になった。ここから南に向かって行けば、この男のことを覚えている木戸番もいるかもしれない。この男がどこからここまで歩いてきたのか、明らかにできるかもしれない。

文之介は、死骸の上体のほうへと目を戻した。

「おや」

知らず声を発した。

「なんだい、これは」

着物の袂《たもと》から、葉っぱらしいものがのぞいている。

「植物であるのはまちがいないんでしょうけど、どうしてこんなところに入れてあるんですかね」

しげしげとのぞきこんでいる勇七も不思議そうにしている。

「それか、誰かが入れたかだな」

勇七が目をみはる。

「下手人がこれを入れたんですかい」

「もちろんそいつはまだわからねえが、そういうふうに考えることもできるってことだ」

「下手人が入れたとして、なにか意味があるってことですねえ」

文之介は首を振った。

「ちがうな、下手人が入れたものじゃねえ」

「なぜいい切れるんですかい」

「下手人が入れたんなら、勇七がいったようになにか意味があるってことだ。それならばもっと目立つようにするだろう。なにも袂に入れることはねえ。この草らしいものは、この仏さんが倒れたその弾みに、顔をのぞかせたにちがいねえ」

はあ、なるほど、と感心していったのは町役人の三右衛門である。ほかの四人の町役人も感嘆の表情を隠さない。

「ということは旦那、この草らしいものは身元を明かすための手がかりかもしれないってことですね」

「触りてえが、紹徳先生の検死が終わるまで触るわけにはいかねえものな。ちぃっとじれってえな」

文之介は三右衛門に、紹徳に知らせたかをただした。責めるような口調にならないように心がける。

「はい、もちろんにございます。ずいぶん前に若い者を向かわせました。その者はもう帰ってきておりますが、ちゃんとお伝えしたと申していました」

三右衛門がていねいに答えた。

「そうか。それならいいんだ。紹徳先生もお忙しいからな」

文之介がそんなことをいった途端、紹徳が路地に入りこんできた。薬箱を手にした若い助手がうしろについている。

「お待たせして、まことに申しわけない」

文之介たちのそばに急ぎ足でやってきて、紹徳が恐縮して頭を下げた。額や鬢《びん》に汗をかいている。息も少し荒いようだ。助手のほうはさすがになんでもないという表情だが、わずかに顔を赤くしている。近くにいると、熱が伝わってくるのは若さゆえだろう。

「とんでもない」

文之介は深く腰を折った。勇七も同じ仕草をする。

「お忙しいところをわざわざおいでくださり、かたじけなく思っています。急がれたようで痛み入ります」

「はい、急ぎに急ぎました。老体にはちとこたえましたな」

にこやかに笑って、額の汗を手ぬぐいでふいた紹徳が死骸に目をやる。

「そちらですね」

「はい、よろしくお願いします」

表情を一気に厳しくした紹徳が助手をうながして、死骸のそばにかがみこむ。合掌してから検死をはじめた。

「あの、先生、申しわけないですが、先にそこの草らしいものをそれがしに見せていただけないでしょうか」

文之介は死骸の袂を指さした。

「ああ、これですか」

紹徳が傷つけないようにていねいに抜き取った。しなやかな指づかいは女形《おやま》を思わせる。どうぞ、と文之介に手渡してきた。

「ありがとうございます」

文之介はそっと受け取り、まじまじと見た。横で勇七も興味深げな目を当てている。

緑の濃い大きめの葉っぱに蔓《つる》のようなものが伸びており、その下に紫色をした小さな根っこがついている。根っこには乾いた土がこびりついていた。

「なんでしょうかね、これは」

勇七にいわれて、文之介はかぶりを振った。

「植物はさっぱりわからねえ」

「それは、甘藷《かんしょ》ではないですか」

紹徳が落ち着いた声音《こわね》でいった。文之介はさっと紹徳を見た。

「甘藷というと、さつまいもですね」

「はい、さようです。しかし、それはどうやらうまく芋がつかなかったようですね」

「芋がつかなかった。どういう意味ですか」

鬢をかいて文之介は紹徳にたずねた。

「まことにお恥ずかしい話ですが、さつまいもというと焼芋くらいしか知らぬもので、どういうふうに芋が生《な》るかなど、まったく存ぜぬもので」

「さつまいもはここに芋をつけるんですよ」

紹徳が紫色の根っこに静かに手を触れた。

「このあたりに、たいていは五つか六つくらい大きな芋をつけるものです。しかし御牧さまの手にされているのは、芋になるためにふくらんだ形跡が少しあるだけで、うまく育たなかったようですね。そのままずっと土のなかにいたとしても、焼芋にできるような立派な芋にはなりそうもない代物でしょう」

「つまり失敗した芋というわけですか」

「甘藷は、痩《や》せた土地のほうがうまく育つ作物です。それはどうやら、肥料をやりすぎたのではないでしょうか。肥料をやりすぎると、葉ばかり茂って、芋はうまく育たないうけど、葉っぱの色が悪いようにございます。その葉は、なにか病に冒《おか》されているのではありませんか。ほら、このあたりの色が特に悪くなっています」

「御牧さまは話し方も、お父上に似ていらっしゃってきましたね。——ああ、これはいらぬことを申しあげました。あの、それがさつまいものであるのはまちがいないでしょ

ありがとうございます、と三右衛門が辞儀する。

「なんでもいってみな。かまわねえよ」

「差し出がましい口をきくようで、おこがましいのですが」

横から三右衛門が呼びかけてきた。文之介は、なんだい、といった。

「あの、御牧さま」

「百姓衆のように日に焼けているが、百姓には見えねえな」

文之介は、紹徳の肩越しに見える死骸に目を向けた。

一礼して、検死に戻った。

「それは、手前が申すようなことではありませんでしたね。失礼いたしました」

紹徳がはっとして微笑を浮かべる。

「しかし、この仏さんはどうしてさつまいもの蔓を後生大事に持っていたんでしょう」

「はあ、さつまいもはそういうものなのですか。初めて知りました」

ものらしいですよ。蔓ぼけとかいうそうです」

三右衛門が指で触れる。いわれてみれば、ぽつりぽつりと抜かれたように茶色に変わっているところが何ヶ所かある。

「へえ、こいつが病か。なんという病かな」

「さあ、そこまでは」

「旦那、この仏さんはその葉っぱを、どこかに持っていこうとしていたんじゃありませんかい。だから、蔓が折れないように袂に入れて後生大事に抱えていた」

勇七が勢いよくいった。

「ふむ、なるほどな。そうだとして、どこに持っていこうとしていたんだろう。自分の家に帰ろうとしていたわけじゃなかったのかな」

「いったんは家に帰ろうとしていたところだったんじゃありませんか」

「うん、そうかもしれねえ」

文之介は同意してみせた。

文之介の目の下で、紹徳は死骸を引っ繰り返したり、目の玉をひらいたり、二の腕に触れたりしている。口を指でこじあけてなかをのぞきこんだり、指を喉の奥のほうまで突っこんだりもしている。

「御牧さま、こんなものがありましたよ」

紹徳が立ちあがっていった。手のひらに緑色の細いものをのせている。

「なんですか、これは」

「なにか蔬菜《そさい》の切れ端ではないか、と思うのですが。歯の隙間《すきま》にはさまっていました」

「となると、これは昨夜の夕餉《ゆうげ》のかすということになりますか」

「おそらくそうでしょう」

「そいつは三つ葉じゃありませんか」

勇七が紹徳の手のひらをじっと見ていう。

「ああ、三つ葉か。そうかもしれねえ」

文之介は腕組みをした。

「つまりこの仏は昨晩、三つ葉を使った料理を食べたってことかい」

「そういうことになりましょうね」

勇七がすぐさま考えこむ。

「三つ葉を使った料理というと、茶碗蒸《ちゃわんむ》しですかね。あとは、おひたしにお吸い物でしょうか」

「吸い物か。滅多に口に入らねえが、この時季なら松茸《まったけ》の土瓶蒸《どびんむ》しがうめえ。もしかしたら、この仏、土瓶蒸しを食したのかもしれねえな」

「茶碗蒸しなら女房や母親がつくる家もあるでしょうけど、土瓶蒸しはさすがにふつうの家ではむずかしいでしょう。この仏さんは、料理屋なり料亭なりで食べたにちがいありませんや」

「母親か女房、あるいは妾《めかけ》に茶碗蒸しをつくってもらったというのも考えられねえでもねえが、やはりここは料理屋や料亭を当たったほうがいいだろうな」

文之介は紹徳に目を当てた。

「すみません、お待たせしてしまい」

紹徳の検死の見解をきいた。

殺されたのは、昨夜の四つから七つまでのあいだだろうという。男の命を奪ったのは、袈裟懸けにされた大きな傷。ほかに傷らしいものはない。

「こんなところです。あまり収穫がなくて申しわけない」

「いえ、三つ葉を見つけていただいただけで十分です。助かりました。ありがとうございます」

文之介は十分に礼をいった。

「では、この仏さまの留書《とめがき》はすぐにださせていただきますよ」

「はい、よろしくお願いいたします」

文之介は、これで紹徳に引き取ってもらうことにした。紹徳は辞儀をしてから助手の若者とともに、やや高い位置から日が射しこむようになった路地を去っていった。

文之介は紹徳たちが見えなくなるまで見送ってから、死骸のそばにひざまずいた。さつまいもの蔓が入っていた袂を探る。

「ほかになにかありますかい」

「いや、なにもねえな」

文之介は立ちあがった。

「しかし勇七、こんなものが入っていやがったぞ」

文之介は手のひらをひらいた。一瞬、なにもないように勇七には見えたようだ。三右衛門たちも同じだったらしい。

「目ん玉ひん剝《む》いて、よく見な」

勇七が目を凝らす。

「土ですかい」

文之介の手のひらの上には、埃のようにわずかな土がのっていた。

「それも一種類じゃねえぞ。赤土、黒土、白みがかった土、茶色い土、さまざまだ。この仏は、さつまいもの蔓だけじゃなくて、さまざまな植物を袂に入れておく習慣があったんだろう」

「何者ですかね」

「植物を収集するのが趣味だったのかな。よく、草花も押し花のようにする人がいるが、そういう類《たぐい》の人かもな」

「とにかく手がかりですね」

「まったくだ」

文之介は三右衛門に向き直った。

「すまねえが、この仏を自身番に置かしておいてくれ。身元がわかったら、すぐに引き取りに来させるゆえ」

「承知いたしました」

三右衛門が快諾してくれた。

「その前に頼みが一つある」

文之介は三右衛門にいった。

「絵の達者がいねえかな」

「ああ、この仏さまの人相書《にんそうがき》を描かれるのですね」

三右衛門が勘よくいう。

「一人おります。腕のよい絵師ですから、きっと見事な人相書を描いてくれるものと」

「連れてきてくれるか。代金はあまり払えねえんだが」

「いえ、その心配はご無用に。こちらで持たせていただきますから」

「いや、そういうわけにはいかねえ」

三右衛門が人のよさげな笑みを頬に刻む。

「かまいません。御牧さまにはいつもお世話になっております。これは恩返しでございますから」

「しかしなあ」

「旦那、ここは甘えたほうがいいと思いますよ」

勇七が口添えする。

「ここまでいわれて、拒むのも角が立ちますからね」

そうかな、と文之介はいった。

「じゃあ、三右衛門、寄りかからせてもらうことにする」

「はい、そうなされませ」

三右衛門は満面に笑みを浮かべている。すぐに絵師の家に使いを走らせてくれた。

さして待つことはなかった。ゆっくりと百を数えるあいだ程度の時間だった。血走った目をした男が使者となった若者と一緒にやってきた。

男は鼻が高く、頬がひどくこけている。顎がとんがり、口は分厚い。体は箸《はし》のように痩せ、肩などは鷲《わし》づかみにすれば骨が砕けてしまうのではないかと思えるほどだ。ろくに食べていないのではないだろうか。右手に風呂敷包《ふろしきづつ》みを提《さ》げていた。

三右衛門が、林斎《りんさい》さん、と声をかけた。

「忙しいところ、わざわざ足を運ばしてすまなかったね」

林斎と呼ばれた男が会釈気味に頭を下げながら、三右衛門のそばに寄ってきた。

「いや、暇だったさ。酒を食らって、寝ていたんだから」

林斎がちらりと文之介を見、それから死骸にも目をやった。三右衛門が林斎を文之介と勇七に紹介する。

林斎がていねいな口調で名乗り、深く腰を折った。

「それで、こちらの仏さんの似顔を描けばいいんですね」

「頼めるかい」

「もちろん。金になることでしたら、なんでもやりますよ」

「では、お願いする」

「承知しました。――三右衛門さん、たっぷりと弾んでくださいよ。御上《おかみ》の仕事なんだからさ」

「ああ、よくわかっていますよ」

「俄然《がぜん》やる気がわいてきたなあ」

自身番づきの若者に風呂敷包みを持たせ、林斎が結び目を解いた。なかには絵具がしまわれていた。

四半刻《しはんとき》ばかりたったのち林斎が、ふう、と深い息をついた。

しかし、今度は手応《てごた》えあり、という顔つきをしている。

「こいつはどうですか」

筆を宙でとめ、いま描きあげたばかりの人相書を文之介に見せる。

文之介は受け取り、じっと目を落とした。勇七にもよく見えるようにする。

勇七が深くうなずき、かすかに笑みを浮かべる。それを見て文之介は大きく顎を引き、よく通る声で告げた。

「うむ、これならばいいな」

じっと息を殺して文之介たちを見守っていた林斎が、ほう、と安堵の息を漏らした。

「ああ、よかったあ」

今にもへなへなと座りこみそうな表情だ。

「まったく人相書を描くのが、こんなに厄介だとは、夢にも思わなかったですよ。まさか四度も描き直しになるなんて」

「すまなかったな。だが、できるだけいいものがほしかったんでな」

「ああ、そいつはよくわかっていますよ。ご心配は無用です。手前が人相書を少しなめていたんですよ」

林斎がきらりと目を光らせた。

「しかし、いい経験を積ませてもらいましたよ。なにかつかんだような気がしないでもないんです。もしかすると、これで手前も一皮むけたかもしれない」

「それならば、来てもらった甲斐《かい》があったというものだ」

「とはいっても、絵の道はそんなに安っぽいものじゃないんですよねえ。つかんだと思ったら、するりと逃げちまうし、また別のむずかしさが見えてくる」

独り言のようにいって、林斎が小腰をかがめる。

「八丁堀の旦那、いえ、御牧さまといわれましたね。また御用があれば、いつでもお呼びください。すっ飛んできますから」

文之介は笑顔を見せた。横で勇七もにこにこしている。

「ああ、そのときは必ずまたおまえさんにお願いするよ」

「ありがとうございます」

林斎が絵具を片づけはじめた。

墨が乾いたのを確かめてから、文之介は人相書をていねいに折りたたんで懐にしまい入れた。三右衛門に顔を向ける。

「では、俺たちは行くからな。仏さんのこと、よろしく頼む」

「おまかせください」

力強く請け合ってくれた三右衛門たちの見送りを受けた文之介は、勇七をしたがえて歩きだした。

いつの間にか、ずいぶんとあたたかくなっていた。路地からひんやりとした大気は追い払われている。

秋の陽射しは穏やかでやわらかなのに、すばらしい力を秘めている。俺もそういう男になれたら、と文之介は足を動かしつつちらりと思った。

これからまずすべきことは、死骸の男の身元調べである。

文之介は胸に手を当てた。

林斎が精魂を傾けて描いたこの人相書があれば、すぐに判明するのではないか。林斎の苦労は決して無駄にはならない。

三

またも窮地だ。

丈右衛門《たけえもん》は心中で顔をしかめ、逃げ道を探した。

刀を振るうときのように、心を研ぎ澄ませる。しかし、そんなことをしても無駄でしかなかった。逃げ道などどこにもない。一つも見つからない。

いや、まだ逃げようと思えば逃げられるのだが、それはただ勝負を長引かせるにすぎない。せいぜい六手ばかり、王が生き延びるだけのことだ。詰みは確実にやってくる。

丈右衛門は目をあげ、正面に座る老女をちらりと見た。おぐんは丈右衛門の眼差しをしっかりととらえ、にかっと笑った。

「丈右衛門さん、まさか、まいったっていうつもりじゃないわよね」

からかうような口調で語りかけてくる。

「後生だから、そんなつまらないこと、しないでおくれよ。丈右衛門さんのいつもの粘り腰を見てみたいものだからねえ」

おぐんは余裕綽々《しゃくしゃく》だ。

丈右衛門は、くそっ、と毒づきたかった。おぐんの憎まれ口をふさいでやりたかった。だが、それができるうまい方策などない。どうあがいても、詰みが待っている。

つい最近までは、逃げに逃げておぐんのしくじりを待つということも通用した。だが、最後まで勝負を投げない丈右衛門のやり方は、すっかりおぐんに慣れられ、読まれてしまっている。

今では、おぐんは決して失策をおかさないように熟考を重ねた上で、慎重に駒《こま》を動かしてくる。

もともとおぐんは丈右衛門よりずっと強く、実力差は歴然としている。そんな相手にそういう指し方をされたら、丈右衛門につけこむ隙など生まれるはずがなかった。

ここは、まいったをするべきなのだろうか。その上で、新たな勝負を挑んだほうがよいのではないか。

いや、まだあきらめるわけにはいかない。粘り腰は自分の売りなのだ。これがなくなったら、年老いたことを認めなければならないような気がする。

いや、人は誰しも老いる。それは認めなければならない。きれいに老いてゆく道だってある。そういう人物を、男女を問わず何人か知ってもいる。

だが、丈右衛門はそういう道を選ぶ気はない。老いにおめおめと負けるつもりなどなかった。老いと戦うことなく歳だけを取ってゆく。それは、御牧丈右衛門ではない。

腹に力をこめ、再び盤面をじっくりと見た。おぐんに対し、王手をかけられるほどの手駒は白扇子の上にはない。

盤面に残っている大駒は、角《かく》が一枚のみである。敵陣近くまで迫ってはいるものの、この角だけではどうにもならない。

丈右衛門はとりあえず王を逃がした。間髪いれず、銀で王手がかかる。ここも逃げるしかない。

さらに飛車《ひしゃ》が飛んできて龍になり、王手になった。

えっ、ここで飛車を使うのか。

丈右衛門は心中で首をひねった。もちろんこの手も考えてはいたが、左側の金を王に寄せるほうが確実だ。この飛車は、王が上に行くのを抑えるだけで十分な働きをしていた。じかに王手をかける必要のない駒だった。

むろん、この手でも詰むことは詰む。王が逃げる方向に、銀が待ち構えているからである。

だが、一手遅れるのは目に見えている。おぐんの表情に変わりはないから、これは予定通りということなのだろう。

どうしておぐんは、金を寄せる手を選ばなかったのか。見えていなかったのか。

そうとしか思えない。でなければ、わざわざ一手遅らせるはずがない。

おぐんは、またもしくじったといってよいのではないか。これを反撃の好機にできぬものか。

丈右衛門は盤面をじっくりと見た。あっ、と小さな叫びが耳に届く。

丈右衛門は素早く顔をあげて、おぐんを見た。

「どうかしたのかな」

おぐんがにっこりする。

「えっ、なにが。どうかしたってなんのことよ」

相変わらずとぼけるのが下手だ。

一手遅れたのに気づいたから、おぐんは狼狽《ろうばい》の声を発したのか。

いや、そうではあるまい。飛車を動かしたことで破綻《はたん》が読めたからこそ、声をだしたのだろう。おぐんの声は、こちらを惑わせるための芝居などではない。ここまできて、惑わせる必要もない。

希望の火が見えた気がした。丈右衛門は再び盤面に目を落とした。どうしておぐんがうろたえたのか、その理由を見つけださなければならない。

「なにを考えてるの。早く王を逃がしなさいよ。それしか手がないでしょ」

「それしか手がないか。果たしてそうなのかな」

丈右衛門はにやりと笑った。

「相変わらず往生際が悪いわね。さっさとまいったといったらどう」

「さっきとはえらいちがいだな。粘り腰を見せろといったばかりではないか」

「そんなこと、いったかしら」

「もう忘れてしまったか」

丈右衛門は王をつまみあげ、斜め左下に動かした。これまでは、斜め右下に逃げることしか考えていなかった。左下に入ってしまえば、自分の駒が並んでいて、もうどこにも逃げ場がないからだ。自ら虎口《ここう》に入ったも同然である。

しかし、王の隣にいる桂馬《けいま》が意外に効いている。おぐんの飛車が動いたことで、効力を発揮するようになったのだ。まさか飛車が飛んでくるとは思わなかったから、こういうふうになるとはまったく気づかなかった。

やはり自分の将棋の腕など知れたものだ、と丈右衛門はつくづく思った。何手先まで読めたと思っても、実際にはほとんど読めていない。こんなので、よく難儀な事件を解決に導けたものだ。

しかし、将棋の腕と探索の力量とはほとんど結びつかない。それは紛れもない事実だろう。結びつくのなら、将棋の腕をあげれば探索の腕もあがってゆくことになる。

手ぬぐいの上の持ち駒から、おぐんが銀を打ってきた。王の右上である。

丈右衛門は金でそれを取った。次は金が飛車に取られる。それは自然な流れだった。そうなれば、逃れようのない窮地とまではいわないものの、かなりまずい事態に陥ることになるのはまちがいなかった。

しかし、おぐんはなぜかそうせず、歩《ふ》を桂馬の真上に打った。これでは、王手はかからない。

そのとき、丈右衛門はようやく気づいた。おぐんが飛車で金を取ろうとしたら、角の餌食《えじき》になることを。丈右衛門が動かした金は角道にあったのだ。

もし飛車を取ることができていたら、丈右衛門は完全に窮地を脱することができた。反撃に移り、おぐんの陣を一気に破っていたかもしれない。

しかし、まだそこまでの段階ではない。おぐんが丈右衛門を圧倒している状況に変わりはなかった。

それでも、一手余裕ができたのは事実である。この機を逃さず、勝利への道を驀進《ばくしん》しなければならなかった。

丈右衛門はいま取ったばかりの銀を手にするや、王手をかけた。おぐんの陣は手薄とはいわないが、完全な陣形ができているとはいいがたい。

手駒は心許《こころもと》ないことこの上ないが、ここは徹底して攻撃してゆくしかない。最後は角が効くのではないか。

丈右衛門は、自分は守りよりも攻めのほうが向いていることを知っている。一気呵成《いっきかせい》が得意である。これは、現役の同心だったときも同じだった。

実際に、盤面は思い描いていた通りの展開になり、丈右衛門はおぐんの陣を撃破することに成功した。角が守りにも攻めにも威力を発揮し、最後は角が王の頭に位置することで、詰みになった。

「ありゃありゃ、まあ」

おぐんが頓狂な声を発した。

「まったく私ゃあ、なんていうしくじりをおかしちまったのかしら。まったく自分でも信じられないわ」

丈右衛門はふっと息をついた。

「おぐんさん、なぜ金を寄せてこなかった。見えていなかったのか」

おぐんが情けなさそうにかぶりを振る。

「勘ちがいしていたのよ。金を寄せてゆくと、角がやってくるって思っていたの。角道を一本、まちがえていたのよ。歳を取って目が衰えちゃったから、たまにあるのよね、こういうこと。いやになるわ。若い頃はこんなへま、決しておかさなかったのに」

おぐんが、しわ深い首を力なくうなだれさせた。

「いえ、目の衰えなんか関係ないのかもしれない。亭主が死んで、私はきっと将棋が下手になっちまったんだわ。もう将棋から足を洗おうかしらね」

「そこまですることはないさ。将棋は勝負にこだわらず楽しめばいいんだ」

おぐんがあっけに取られる。

「丈右衛門さんとは思えない言葉ね」

「それに、将棋には耄碌《もうろく》を防ぐ力がありそうだ」

「それはあるかもしれないわねえ。頭を使うものねえ」

すっかり冷たくなっている茶を、おぐんががぶりとやった。

「ああ、おいしいわ。私、ぬるくなったお茶って大好き」

「わしもだ」

丈右衛門は一気に飲み干した。渇いた喉に実にうまい。甘露という感じだ。自然に、ふうと息が出た。

おぐんがにこにこしている。

「そういえば、丈右衛門さん、猫舌だったわね」

「うむ、幼い頃からだ。こんなに歳を取っても猫舌は変わらぬ。不思議なものだ」

「三つ子の魂百までっていうから」

「それはちとちがう気がしないでもないが、まあ、よしとしておこう」

「ええ、それがいいわ。なにごとも悩まず気楽にしているのが長生きのこつよ。病にもかからないし」

「うむ、わしも見習おう。それで、おぐんさん、もう一局いくかい」

おぐんが残念そうに首を横に振る。

「今日はもうやめておくわ。もう少し本を読むなどして鍛え直してから、丈右衛門さんにはお願いするわ」

「そうか。わしから無理強いするわけにはいかんからな。なにしろこれも仕事だ」

「はい、今日の分、三十文《もん》よ」

おぐんが紙包みを手渡してきた。丈右衛門はうやうやしく受け取った。それを大事に懐にしまいこむ。

「確かめないの」

「おぐんさんを信用している」

「あとでないっていっても、遅いわよ」

「ならば数えさせてもらおうといいたいところだが、わしも武士の端くれ。一度、懐にしまったものを取りだしてひらくわけにはいかぬ」

おぐんが憐《あわ》れむような目をしている。

「お侍って窮屈なものねえ」

「確かにな。だが、わしはこの窮屈さが嫌いではないぞ。侍というものはこういうものだろうし、だからこそ、百姓衆の働きに寄りかかってなにもせずにいるにもかかわらず、この世で生きている価値があるのだと思っている。どんな価値があるのかときかれると、困るが、なにかしら意味があるからこそ、侍というものがこの世に生まれ出てきたに相違あるまい」

「でも、町人のほうが気楽よ。お金も持っているし」

「金はあったほうが暮らしは楽だな。気持ちが伸びやかになるのは確かだ。貧《ひん》すれば鈍《どん》するというのはまちがいない」

「貧すれば鈍するか。貧乏になるとどうでもよくなって、心が鈍くなるものね。汚い格好をしていても、ろくに掃除しなくても、へっちゃらになっちゃうし」

そういうことだ、と相づちを打って丈右衛門はおぐんにたずねた。

「喜吉《よしきち》ちゃんは元気かい」

おぐんが、喜吉のいる油問屋の菅田屋《かんだや》に足繁く通っているだろうことは、想像がついている。

「ええ、とっても」

おぐんが目をなごませた。孫を思う祖母の顔になっている。

「無事に戻ってきて、本当によかったな」

「ええ、丈右衛門さんのいう通りよ。もしあの子が殺されていたら、私も死んでいたかもしれない」

その言葉が大袈裟でないのは、瞳《ひとみ》の真剣さから知れた。

かれこれ三ヶ月前のこと、油問屋の菅田屋のあるじだった喜多左衛門《きたざえもん》という男の妾に喜吉という男の子が生まれた。この子は産婆《さんば》だったおぐんによってこの家にかくまわれた。そのときにはすでに亡かった喜多左衛門の内儀であるおさえが弟に菅田屋の跡を取らせようとしているとおぐんは思いこみ、きっと喜吉が邪魔者として殺されると喜吉を抱いて姿を消したのである。

喜吉の居場所はおさえに知られてしまったのだが、そのときにはおさえには喜吉を害そうなどという気持ちは一切ないのが知れた。逆に、亡き主人の忘れ形見として大切に喜吉を育て、ゆくゆくは菅田屋の跡取りにしたいと考えていたのがはっきりした。

おさえのその真摯《しんし》な思いはおぐんに通じ、幸せを願って喜吉は菅田屋に引き取られることになったのだが、今度は喜吉が何者かにかどわかされるという事件が起きたのだ。岡《おか》っ引《ぴき》の幸造《こうぞう》という男がその一件に絡んでおり、菅田屋がだした千両という身の代《みしろ》は何者かによって奪われ、幸造は首を飛ばされた死骸で向島《むこうじま》の一軒家において見つかった。そばで元気よく喜吉は泣いていたと、丈右衛門はその場に踏みこんだ文之介からきいた。

「喜吉ちゃんが無事に戻ってきたのは、丈右衛門さんの息子さんのおかげよ」

丈右衛門は苦笑を浮かべた。

「せがれのことをほめられるのはうれしいが、一度、やつは幸造を見失ってしまったからな。それがなければ、千両を奪っていった者を捕らえることができたかもしれん」

丈右衛門は下を向き、軽く首を振った。

「とはいえ、その場にいなかった者がとやかくいうことではないのはまちがいない。せがれにもいい分があるだろうし。とにかく喜吉ちゃんが無事に帰ってきたことを喜んでおけばよいな」

「そういうことよ」

おぐんが勢いよく顎を上下させた。

「ところで、お知佳《ちか》さんは元気にしている。順調なの」

「まずまずといったところだ。つわりもほとんどないし」

いまお知佳は子をはらんでいる。正真正銘《しょうしんしょうめい》、丈右衛門の子である。まさかこの歳になって子ができるとは思わなかったが、どこか期待していたのは紛れもないことだ。

「そう、それはよかったわ。でも、まだ安心はできないからね」

「それはよくわかっている」

「ねえ、丈右衛門さん、香魚《あゆ》釣り神社って知ってる」

「いや、知らぬ。初めてきく名だ。なにかな、それは」

「安産の神社よ。霊験あらたかな神社だと私は思っているわ。私が取りあげて五回連続で死産だったときもあの神社には行っているから、当てにならないといえばその通りなんだけどね。でも、とてもいい神社よ。いつもいい風が吹いているの。ここからそんなに遠くないし、すぐ近くにおいしいお蕎麦屋《そばや》さんもあるわ」

「そいつはいいな。よし、さっそく行ってみよう。今日は日和もよいし」

「善は急げね」

そういうことだ、といって丈右衛門はすっくと立ちあがった。おぐんもよろけることなく立った。やはりこのばあさんはまだまだ若い。足腰がしっかりしている者は、そうたやすくたばったりしない。

丈右衛門とおぐんはまず家に寄ってお知佳を誘いだし、香魚釣り神社に向かった。

お勢《せい》は、いつものように丈右衛門がおぶった。出かけるといったらうれしそうにしたが、歩きはじめて二町も行かないうちにすやすやと穏やかな寝息を立てはじめた。

「かわいいわねえ」

おぐんが感極まったようにいう。

「食べちゃいたいくらい」

「たまにわしも同じことを思うな」

「そうでしょうね。——お知佳さん、具合はどう」

「ええ、いつもと同じです。すごく順調な感じです。お勢のときも、お産は軽かったんですけど」

「軽いならいいけど、油断しちゃ駄目よ。体はできるだけ動かしておくほうがいいわ。大事にしすぎるのは駄目よ」

「はい、わかりました」

お知佳が明るい笑顔で答える。そのほがらかさが、丈右衛門にはなんとなくまぶしく、そして誇らしかった。

深川冬木町《ふかがわふゆきちょう》の空き地近くに、その神社はあった。こぢんまりとした神社で、町屋と町屋のあいだに隠れるような形で狭い境内《けいだい》がわずかな広がりを見せていた。

正直、丈右衛門は驚きを隠せない。

「深川は長いこと見廻《みまわ》りに精をだしたが、ついぞこの神社には気づかなかったな」

「深川は広いからねえ」

「しかし、定廻《じょうまわ》りだった者としてはちと恥ずかしいな」

「お武家はそういう気持ちのことを、忸怩《じくじ》たる思いとかいうわね」

「確かにいうな。かたい言葉だ」

丈右衛門たちは古ぼけた木の鳥居をくぐり、境内に足を踏み入れた。

境内は百坪あるかどうかだろう。まん丸の白い敷石が続く正面に、小さな社殿が建っている。

ほかに建物らしいものはない。無住の神社のようだ。

参拝客はいなかった。丈右衛門が知らなかったくらいだから、ほとんど人に知られていない神社なのだろう。

「あのお社の前がとても気持ちよいの。さあ、早く行きましょ」

丈右衛門たちはおぐんにいわれるままに敷石を踏んでいった。社殿の前に立つ。

いい風が吹いてきたのを丈右衛門は確かに感じた。賽銭《さいせん》を投げ、鈴を鳴らす。小気味よい音が無人の境内に響き渡った。

「ああ、本当にいい気持ち」

お知佳が深く息を吸っている。ゆったりと胸が上下していた。腹も動いている。おなかの子にも、気持ちのよい風が送りこまれているかのように見える。

丈右衛門も静かに呼吸してみた。力が満ちてくるような感じがある。心がほんわかとなり、体があたたかくなった。

同時に、額が熱くなってきた。

なんだ、これは。

初めての経験だ。

社殿のなかから、強い光が放たれているような感じである。

「おもしろいところだな、ここは」

「そうでしょう」

おぐんがうれしそうに答える。

「おぐんさんは、どうしてこの場所を知っているんだ」

「産婆仲間が教えてくれたの。その産婆さんはもう亡くなってしまったのだけど、この近くで仕事をしたことがあって、ここを知ったようなの。この神社がとても気持ちのよい場所で、参拝するようになって安産が多くなったから、きっと安産の神社よって」

「どうして香魚釣り神社って名なのかな。このあたりで鮎《あゆ》がとれたのだろうか」

「由来ならきいたことがあるわ」

おぐんがさっそく説明をはじめる。

「昔このあたりに住んでいたお年寄りが息を引き取る前に、一度でいいから鮎が食べたいといったらしいの。お年寄りのせがれが多摩川《たまがわ》のほうに釣りに行き、鮎を持って帰ったけど、お年寄りは間に合わず亡くなってしまったそうなの。その鮎をお年寄りのお墓に献じたことがこの神社のはじまりだそうよ」

「ふむ、そういう縁起があるのか」

丈右衛門はもう一度、大きく息を吸った。額の熱さはますます増している。熱くなればなるほど、体が元気になってゆく気がする。神社から発せられる気を体に取りこんでいるようだ。

ここは、と丈右衛門は思った。なんとも不思議な力を持つ場所だ。いいところを教えてもらったものだ。元気がなくなったときに来れば、きっとすばらしい力を与えてもらえるのではないか。

第二章　ご隠居は用心棒

一

そわそわしている。

いや、もじもじしているといったほうがよいのか。

なんとなく、昨夜からお春の様子がおかしい。それは、日が変わった今日になっても変わらない。なにかいいたげにしているのはまちがいないのだが、なんとももどかしくいいだせないといった感じだ。

お春はいったいなにをいいたいのか。もはや遠慮するような仲ではないのに、どうして口にしないのか。

文之介は昨晩から、どうしたのか、なにかあったのか、ときき続けている。だがお春は、なんでもないのよ、と困ったような笑みを浮かべるばかりで、はっきりと答えようとしない。

女というのは、やはりわからない。むずかしい生き物としかいいようがない。

昨日の朝早く、辻斬りの死者が出たとの一報を受けて、文之介はこの屋敷を飛びだした。朝餉はほとんど手つかずだった。せっかく心をこめてつくってくれたお春に悪いなと考えつつ、辻斬りのあった深川猿江町に向かって足を急がせたのである。

それから文之介は勇七と二人で、仏の身元調べに奔走した。

しかし、身元につながる手がかりは、残念ながら一つたりとも見つけられなかった。

なにも収穫がないまま町奉行所に戻る気にならなかった。丈右衛門から紹介された隆作《りゅうさく》という探索を副業としている男と会い、殺された男の身元調べに力を貸してくれるように依頼した。隆作は快諾してくれた。

それ以外にすべきことも思いつかず、文之介と勇七は連れ立って町奉行所に向かったのである。

一応、それまでにめぐった深川の各町の自身番には、新たな行方《ゆくえ》知れずの届けがあったらすぐさま町奉行所に知らせるように、との達しは行っている。これは、仏の家人が殺されたことを知らず、行方がわからなくなったということで自身番に届け出ることを期待してのものだ。

町奉行所で書類仕事をこなしたあと、文之介は家路についたのである。

文之介が八丁堀の屋敷に戻ったとき、すでにお春の様子はどことなくおかしかった。よそよそしいというわけではないが、なにかいいだしきれない秘密があるという感じだった。

昨日の昼間、お春は湊屋という塩問屋の家付き娘が生んだ赤子を見に行った。そこには女ばかり七、八人の幼なじみが予定通りに集まったそうだ。そのことは、文之介がたずねたら教えてくれた。

湊屋ではおいしい昼餉をいただき、八つ頃まで、ときを忘れてみんなでおしゃべりしていたそうだ。名残惜しかったが、八つ半頃前におひらきになったという。

そのあとお春は実家の三増屋《みますや》に寄って、父親の藤蔵といろいろと話をしてきたそうだ。

三増屋は老舗《しにせ》の味噌《みそ》、醬油問屋だが、一時、嘉三郎《かさぶろう》という極悪非道の悪党の罠《わな》に陥《おちい》り、得意客に人死にまでだして、あるじの藤蔵は自死を考えたことがあった。

それはなんとか思いとどまらせることができたが、その後、藤蔵は床から起きあがれなくなるほど衰弱した。病というわけではなく、鋭利な刃物ですぱりとやられたような深い心の傷がその理由だった。

だが、今はその心の傷も癒《い》え、元気になってきている。丈右衛門が一緒に箱根へと湯治に出かけるなどしたが、そういった心づかいが、良薬をのんだかのようによく効いたのである。

昨日父親といろいろ話はしたものの、お春は実家では思ったほどゆっくりとはできなかった。できるだけ早く帰って、婿《むこ》のために夕餉の支度をするように藤蔵にいわれたからだ。

だから、お春は夕刻前には屋敷に帰ってきたことになる。その刻限から考えて、お春の様子がおかしくなったのは、出かけた以降ということになる。藤蔵のところでなにかあるとは思えない。なにかあったとしたら、幼なじみとの集まりではないか、と文之介はにらんでいるのだ。

なにかいわれたのだろうか。

しかしお春は、みんなとの集まりはとても楽しかったと確かにいった。あの言葉に嘘はない。気持ちの弾みの余韻が、瞳にくっきりと出ていた。

わからねえなあ。

文之介としては、心のなかでうなるしかなかった。

もうじき朝餉だ。お春は台所で一所懸命、動いている。味噌汁の味見をしていた。

ふと小首をかしげたりする、その仕草がかわいくてならない。味噌が足りないのか、足している。また味見をする。うまくいったのか、今度はにこりとした。その表情がとても愛らしい。

俺は、と文之介はしみじみ思った。本当に惚《ほ》れている。お春なしではこの先、生きてゆけぬのではないか。

夫婦はたいてい男のほうが先に死ぬ。妻を先に失った亭主も丈右衛門をはじめ、いくらでもあるが、だいたいの場合、男が先に逝くのは、亭主が一人取り残されてはなにもできないからだろう。

この世には男と女しかいないが、やはり仕組みとしてうまくできているものだな、とつくづく思う。

お春が膳《ぜん》を抱えて、台所からあがってきた。

「ごめんなさい、待たせて」

すまなそうにいったが、文之介の目を見ようとしない。

目の前に膳が置かれた。鮭《さけ》の焼いたものに納豆、わかめのおひたし、梅干し、たくあんがのっている。味噌汁の具は豆腐である。

すぐさま炊き立ての熱々の御飯が茶碗に盛られ、どうぞ、とお春が手渡してきた。目は文之介を見ようとしているが、顔は下を向いている。どこか恥ずかしげだ。これはいったいなんなのか。

ありがとう、と一応はいって文之介は受け取った。じんわりとした熱さが、手のひらに伝わってくる。

「こいつはうまそうだな」

文之介は膳の上を見まわしていった。

「だといいけど」

「うまいに決まってるさ」

文之介は箸を手にし、御飯をかきこもうとした。だが、すぐにお春にいわれていることが脳裏をよぎり、ゆっくりと箸を動かしはじめた。

実際のところ、こうしたほうが御飯の味がよくわかる。毎日、食事ができるありがたみも実感される。

白い飯は甘みがあり、納豆と実に合う。梅干しの酸《す》っぱさも飯が進む。鮭は塩が濃すぎるほどだが、このくらいのほうが御飯との相性はいいのだろう。わかめのおひたしが手つかずだが、これはあとのお楽しみにして取っておく。

文之介は箸を置き、両手で椀を持って味噌汁をすすった。

あれ。

顔をしかめかけた。なんとかこらえる。それにしても、ずいぶんと濃い。このあいだは薄かったが、今度はひどく塩辛《しおから》い。湯で薄めたくなる。

なにげない顔をつくって、文之介は膳に椀を戻した。

「まずいの」

お春が気がかりそうにきいてきた。さすがに見抜かれている。このことは、夫婦になってはじまったわけではない。幼い頃からずっとである。

「いや、ちょっと濃いようだな」

「えっ、本当に。やだ、何度も味見をしたのに」

いい、と文之介に断って、お春が膳の上の椀を手に取る。そっと口をつけた。静かに白い喉が上下する。

妙な顔をしている。どこもおかしくないといいたげな表情だ。幼い頃からつき合っているから、文之介にはよくわかる。

「お春にはちょうどいいのか」

「ええ。ごめんなさい」

「いや、謝ることなどないが」

しかし、これだけ塩辛い味噌汁をちょうどいいというのは、どうかしている。具合が悪いのではないか。

「お春、あのさ、どこか悪いってことはないのか」

えっ、という顔をする。うつむいた。

「悪いってことはないんだけど」

「昨日から何度もきいているけど、なにがあったんだい」

「なにもないのよ」

お春が相変わらず下を向いたままでいう。頬が赤みを帯びている。やはり照れているように見える。

「秘密にすることはないだろう。俺たちは夫婦なんだから」

「そうね、私たちは夫婦よね」

お春が顔をあげた。その目には決意の色が見て取れた。

「考えてみれば、この味噌汁の味もそういうことなんでしょうね。よく味の好みも変わるというし」

「お春、なに一人でぶつぶついっているんだい」

「なんでもないのよ」

お春がにっこりとする。

ああ、これだよなあ。この笑顔だよ、俺が見たかったのは。

いつものお春が帰ってきたようで、文之介はうれしかった。

「ねえ、ききたい」

お春が甘えた口調でたずねる。

「もちろんだ。ききたくてならねえよ。早く教えてくれ」

「もうせっかちね」

「せっかちは江戸っ子の証だ」

文之介は元気よくいった。

「お春、もったいぶらねえで、早く教えてくれ。俺はもう待ち切れねえ」

お春が笑みを消し、まじめな顔つきになった。ここまで真剣なお春を、文之介は久しぶりに見たような気がする。

「あのね、できたみたいなの」

「できたって、なにが」

「決まってるでしょ」

「えっ、決まってるだって。できただけじゃなにがなんだか……」

途中で言葉がとまった。文之介はお春をまじまじと見た。ほっそりとした肩をぐっとつかんだ。

「痛い」

「ああ、すまねえ」

文之介はすぐさま手を離した。

「できたって、まさか、お春」

お春が満面に笑みを浮かべた。

「ええ、そのまさかよ」

「本当か。まちがいないのか」

「お産婆さんに確かめたわけじゃないから、まだはっきりとはしないんだけど、おそらくまちがいないと思うわ。月の物もないし。いつも一定じゃないから、遅れているって思っていたの。でも、どうもそうじゃないみたい。つわりもあったし」

「でかした、お春」

文之介は思いきり抱き締めそうになって、とどまった。そんなことをして、お春の体に障ったらどうすればいいのか。

文之介はこわごわ手を伸ばした。お春がにこっとする。

「抱き締めるくらいじゃ、大丈夫よ。女の体は男の人みたいに頑丈じゃないし、壊れやすいけど、その程度で駄目になってしまうようにはできていないから」

「お春、でかした」

もう一度いって、文之介はお春をぎゅっと抱き寄せた。お春は甘えた風情でしなだれかかってきた。

文之介は、お春から発せられる甘い香りを存分に嗅《か》いだ。いつもならくらくらして、このまま押し倒したいという思いに駆られるが、今朝に限っては不思議とそういう気分にならなかった。

逆に、文之介は涙ぐんでいる自分に気づいた。頬を涙が伝っている。

そのあたたかさが、いま俺は紛れもなく生きているという実感を運んできた。こうして生命というものはつながってゆくのだということが、掌中《しょうちゅう》にしたようにわかった。

「そんなに喜んでくれるの」

お春が少し意外そうにきく。目尻に涙が浮いている。

「当たり前じゃねえか」

伝い落ちてゆく涙をぬぐうことなく、文之介は座り直した。

「こんなにうれしいことは、滅多にあるもんじゃねえよ」

「ありがとう。うれしいわ」

「礼をいうのはこっちだ。お春、でかしたなあ」

「あなたの力添えがあったからよ」

「なるほど、力添えか。ああいう力添えなら、俺は大歓迎だぞ」

文之介はお春をじっと見た。

「それで、いつ生まれるんだ。来月か」

「そんなにはやく生まれるわけないじゃないの。赤子は十月十日《とつきとおか》、おなかのなかにいるものなのよ」

「長いよなあ。もっと早く出てくればいいのに。待ちきれないぞ。それでお春、いつなんだ」

「来年の梅雨《つゆ》の頃じゃないかしら」

「ずいぶん先だな。まだ八ヶ月近くあるぞ。ふむ、十月十日か」

文之介は頭のなかで勘定した。

「ふむ、あのときの子か」

「馬鹿《ばか》ね。なに、計算しているの。でも、あのときって、いつのときなのか、あなたにわかるの」

文之介は首を振った。

「いや、さっぱりだ」

「そうでしょうね。あなたは毎晩、すり寄ってくるものね」

確かにその通りだ。文之介は軽く咳払《せきばら》いした。

「そういえば、子をはらむと、味の好みも変わってくるというな」

「ええ、だから私、お味噌汁をとても辛くしてしまったんじゃないかって思ったの。ごめんなさいね」

「いや、謝ることはねえよ。はらむことで味の好みが変わったりするんなら、それだってなにか意味があるに決まってるんだ」

「どんな意味があるのかしら」

「さて、そいつは俺なんかにはさっぱりだなあ」

文之介はすぐさま口を閉じ、真摯な顔になった。

「それにしてもお春、身ごもったかもしれねえってのは、いつわかったんだ」

「昨日。みんなとの集まりのとき。つわりがあったの」

「やっぱりそうか。昨日、どうしていわなかったんだ」

「だって、なんとなくいいにくいじゃない。まだ本物かどうかわからないのに」

「しかし、今日打ち明けたってことは、本物だってわかったんだろう」

「ええ、顔を洗っているときに、またつわりがあったの」

「それで、本物だって確信したのか」

「ええ、そうよ」

「なんにしろ、よかった。体をいたわらなきゃな」

「でも、お産までできるだけ動いているほうが、お産が軽くなるってきいたことがあるわ。おふさちゃんも、お産婆さんにそういわれていて、きっちり守ったって」

「おふさちゃんというのは、湊屋の娘さんのことだな」

「ええ、そうよ。おふさちゃん、やさしい顔をしているけど、けっこう芯《しん》がしっかりしているから、旦那さまやお父さん、お母さんから大事にしなさいって口を酸っぱくしていわれたのをやんわりとはねつけながら、家事を続けたそうよ。そのおかげで、お産はとっても軽かったたって」

「ふーん、そういうものか。身ごもったからといって、ふだんの暮らしの調子を崩すのはよくないのか」

「初産だからってあまり大事にしすぎるのは、とにかくよくないってことね」

「そういわれてみれば、初産は大事にしすぎて難産で、二度目や三度目のお産は慣れてきて、ふつうにしていたら、楽だったなんてこと、よく耳にするな」

「そうでしょう。だから、できるだけいつもと変わらず、というのを心がけていればいいのよ」

「それはわかったけど、俺はなにかしたくなってしまうだろうな」

「あなたはいつも通りでいいのよ。いつもやさしいんだから」

「俺ってやさしいかな」

「やさしいわ。大好きよ」

「照れるなあ」

文之介は、お春の目元に残っている涙の跡をぬぐった。それをぺろりとなめてみる。

「あっ、なにしているの」

「涙ってのは、しょっぱいなあ。どうしてかなあ」

「もし涙が甘かったら、すぐになめたくなって、簡単に泣くことになるでしょ。しょっぱくしておけば、なめようなんて気、起こさないから、ここぞというときにしか泣くことはないもの。きっと体の仕組みがそういうふうになっているのよ」

「そうか。確かに涙が甘かったら、いつでもなめたくなっちまうものなあ。うん、お春のいう通りかもしれねえ」

文之介が大まじめにいうものだから、お春がくすりと笑いを漏《も》らした。

「私、あなたのそういうところ、大好きよ」

文之介はにこりとした。

「そうか。なんにしろ、好かれるってのはいいことだ」

お春が気づいたように膳の上に目をやる。

「あなた、早く食べて。遅刻しちゃうわよ」

「ああ、いけねえ」

文之介は箸を手にした。しかし、あわてて飯をかきこむような真似はしない。背筋を伸ばし、箸の先を上手に使って食べる。

そして、口に入れたものはしっかりと咀嚼《そしやく》する。そうすることで、体の負担が減るとお春がいっていた。

一緒になってわかったことだが、お春のいうことは正しいことが多い。女のほうが男なんかよりずっと頭がいいのではないかと思わせる。濃かった味噌汁は、お春が湯を注《そそ》いで薄めてくれた。

全部平らげて、文之介はすっかり満腹になった。

「ご馳走《ちそう》さま、お春。とてもうまかった。時間があればもっと食いてえところだ」

「ありがとう。大事な旦那さまにそういってもらえると、また一所懸命につくろうって気になるわ」

「じゃあ、行ってくる」

「ええ、気をつけて。明日のお味噌汁は、ちゃんとお味噌の加減をまちがえないようにするわね」

「まちがえてもかまわねえさ。薄けりゃあ味噌を足せばいいし、濃ければさっきみたいに湯を入れればいい」

いきなりお春が抱きついてきた。

「私、あなたのお嫁さんになってよかった。とても幸せよ」

文之介も抱き返した。

「ずっとこうしていたいわ」

「そうしていたいのは、俺もやまやまなんだが……」

文之介がいうと、お春がさっと離れた。

「ごめんなさい、私のせいで遅刻しちゃうわね」

「別にお春のせいじゃねえよ。じゃあ、行ってくる」

「忘れ物はない」

「ああ、大丈夫だ」

文之介は廊下を歩いて玄関に向かった。

雪駄《せった》を履く。式台《しきだい》では、お春が両手をついている。

文之介はお春に向き直った。真剣な口調でいう。

「お春、身ごもったからといって大仰にせず、ふつうに暮らしていればいいってのはわかったけど、しかし、決して無理だけはするんじゃねえぞ。お春はなんでもがんばっちまうたちだから、そのあたりが少しだけ心配だ」

「わかってるわ。あなたのいうようにするから、大丈夫よ」

「約束だぞ」

「ええ、約束よ。指切りげんまんしたいところだけど、そんな時間はないわね」

文之介はお春の口を吸いたくなった。だが、そんなことをしたら、ますます遅刻のおそれが高まってしまう。意を決して体をひるがえした。お春の愛らしい顔が一瞬で視野から消え去った。

文之介は、夜明け頃にお春があけてくれた木戸を飛びだした。侍だけに走ることはないが、できるだけ急ぎ足で行く。

まわりには、町奉行所に出仕しようとする者の姿はほとんどない。もうとっくに行ってしまった者ばかりなのだろう。

いかんな、こいつは本当に遅刻しちまうかもしれねえ。

文之介はさらに足を速めた。風を切る感じが心地よい。今日も天気はよい。横から射しこむ太陽の光が穏やかで、肌をやさしくあたためてくれる。

大勢の町人たちがすでに外に出ている。これから職場に向かうらしい者や行商人の姿も少なくないが、最も目立つのは、遊山《ゆさん》や買物にでも行こうかという雰囲気をまとった者たちである。

江戸は不景気といわれているが、ああいう者たちを見ると、どこがそうなんだろう、と思ってしまう。仕事をせずとも食っていける者が、この江戸にはあふれているのだ。

八丁堀の屋敷から町奉行所へはすぐなのに、急いでいるときに限って、いつもよりずっと遠くなってしまったように感じられる。まるで町奉行所が引っ越したかのようだ。

横腹が痛くなってきた。大人になってからはあまりないことだ。

幼い頃は横腹をよく痛くしていた。あれは、やはり食事のあとに飛びまわっていたからだろうか。

横腹の痛みはおさまらない。こういうときはなにか別のことを考えて、紛らわすのがよかろう。

なにがいいだろうか。そういえば、と文之介は思いだした。

先ほどお春がいったことだ。指切りげんまんのげんまんとはなんのことなのか。

幼い頃、文之介は父に同じ問いをしたことがある。丈右衛門はちゃんとした答えを返してくれた。

あのとき、父はなんといったのだったか。

横腹が痛い。これはまだしっかりと集中していないからだ。

脳裏にきらりとしたものが走り、文之介は思い起こした。

げんまんとは『拳万』と書くんだ。指切りして約束を破ったときに、拳骨《げんこつ》で一万回殴られることをいうんだ。

そうだ、拳骨で一万回だ。それにしてもそんなに殴られたら、まちがいなく死ぬだろうなあ。殴るほうだって、拳《こぶし》が無事では済まされまい。とにかく、約束というのは、一度、かわしたら破っちゃいけないものなんだ。それだけ大切ってことだ。

そんなことを考えていたら、町奉行所が文之介の視野に入りこんできた。あれだけきつかった横腹の痛みも、きれいに消えている。

文之介は大門を入った。すでに勇七が待っていた。

「おう、おはよう、勇七」

「おはようございます」

勇七も返してきたが、少し気がかりそうな顔をしている。

「今朝はずいぶんと遅いですね。なにかあったんですかい」

「あったんだよ。あとで教えてやるから、首を洗って待っとけ」

勇七が首筋をなでさする。

「はあ、首をですかい。わかりました。待っていますよ」

文之介は大門下の出入口を抜け、同心詰所《つめしょ》に入った。まだほとんどの同僚たちはそこにいて、書類仕事をしている。文之介は全員に挨拶してから、文机《ふづくえ》の前に座ろうとした。

「おい、文之介」

文机の向こう側に、どすんと音を立てて腰をおろした者がいる。

「鹿戸《しかと》さん」

先輩同心の鹿戸吾市《ごいち》がにらんでいる。

「鹿戸さんじゃねえよ。おめえ、遅刻ぎりぎりじゃねえか。事件を一杯に抱えこんでいるときに、たるんでいるんじゃねえのか」

「すみません」

「なにかあったのか」

「いえ、これといってなにも」

「嘘つけ。おめえはねじが一本ゆるんだような男だが、根はまじめだ。重要な事件がいくつもあるのに、なにかなきゃ、遅くなるようなことはねえんだよ」

吾市が顔をのぞきこんできた。

「どうだ、図星だろうが。決して買いかぶりなんかじゃねえはずだ」

「ええ、鹿戸さんのおっしゃる通りです」

「やっぱりな」

ふふん、と笑って吾市が自慢げに鼻の下を人さし指でこする。

「それで文之介、なにがあったんだ」

文之介は顔をあげ、吾市をじっと見た。

「それについては、近々お話しできると思います。それまで待っていただけますか」

「なんだ、ずいぶんと大仰だな。そんな大袈裟なことなのか」

吾市は少し不満そうな表情をしたが、すぐさま気を取り直したように、わかったよ、
といった。

「おめえが話すっていってんだ。まず反故《ほご》にするなんてことはあるめえ。よし、気長に
待ってやるからよ、きっと話すんだぜ」

「承知しました。鹿戸さん、ありがとうございます」

「別に礼なんかいらねえよ」

吾市が立ちあがる。

「じゃあ、俺は行くぜ。おめえも早く町廻《まちまわ》りに出な」

「わかりました」

吾市が詰所を出てゆく。

文之介はそれを見送ってから、書類に目を落とした。今日、すべきことは昨日の続きだ。袈裟懸けに斬られて死んだあの男の身元調べである。

文之介は外に出た。大門の下で勇七が待っている。

「待たせたな」

「いえ、たいして待っていませんよ」

勇七の顔は期待に輝いている。

「勇七、そんなにききてえのか」

「そりゃもう」

「さっき鹿戸さんにもきかれたんだ。だが、俺は話さなかったぞ」

「どうしてですかい」

「勇七に最初に話そうと思っているからだ」

文之介は勇七を見つめた。

「なんだ、感動したみてえだな」

「はい、感動しました」

勇七は目をうるうるさせている。

「なんだ、勇七。俺が話す前に泣いちまってどうすんだ」

「すみません」

勇七が洟《はな》をすすって顔をあげた。

「話してやるから、耳の穴をかっぽじってよくききな」

文之介は息を大きく吸った。勇七は言葉をはさまずじっと待っている。

「子ができた」

「えっ、本当ですかい」

勇七が跳びあがらんばかりになる。

「おい、勇七、大丈夫か。大門の天井に頭がついてしまうんじゃねえか」

「旦那、やりましたね」

「ああ、ありがとう。おめえのおかげだ」

勇七がきょとんとする。

「なんであっしのおかげなんですかい」

「おめえがいてくれたからこそ、今の俺があるからだ」

「はあ」

「おめえがもしこの世にいなかったら、俺はどういう人生を送っていたか、わからねえ。

俺はさんざん勇七に助けられてきたからな。もし勇七がいなかったら、お春とだって一緒になっていたかどうか。いや、まず無理だっただろう。一緒になってなきゃ、子だってなせねえ。だから今回、子ができたっていうのは、勇七のおかげってことになるんだ」

「あっしがいなくても、旦那は真っ当な人生を送っていたと思いますぜ」

「そいつは無理だな。人生の要所要所でおめえは俺を助けてくれた。俺が花形といわれる定廻り同心になれたのだって、おめえの助けがあったからこそだぞ」

「そんなことありませんよ。旦那がとてもすぐれた人材だからですよ」

「そんなこたぁねえよ。勇七、忘れちまったのか」

「なにをですかい」

「いつまでもここにいても仕方ねえな。歩きながら話すか」

文之介たちは大門の下を出て、道を歩きだした。

「まだ見習いだったとき、俺たちが押し込みの賊どもの捕物に駆りだされたのを覚えているか」

「忘れるもんですかい」

勇七が強い口調でいった。

「あっしは足ががくがく震えましたよ」

「俺は足だけじゃなかった。胴震いもとまらなかった」

「あのときは本当に怖かったですねえ。あっしはできれば逃げたかったですよ」

「なんだと」

文之介はいきなり大声をあげた。勇七が顔をしかめて耳を押さえている。

「旦那、声がでかいですよ。頭がきーんっていってます」

「すまねえ。あんまり驚いたから、つい大声をだしちまった」

「なにをそんなに驚いたんですかい」

「勇七が逃げだしたかったって、いったことだ」

「それがなにか」

「あのとき俺はもう震えがとまらなくて、逃げることだけ考えていたんだ。だが、俺が捕方の隙を見つけようとして振り返るたびに、おめえの怖い顔にぶつかるから、それで俺は逃げるのはあきらめたんだ」

「えっ、そうだったんですかい」

「当たり前だ。本当に俺は怖くて、小便をちびりそうになっていたんだ。なにしろ相手は、十人近い人を情け容赦なく殺した者たちだったからな」

そうでしたねえ、と勇七がいった。

「しかし、旦那はどんなに怖くても逃げるような男じゃありませんぜ。あっしはそれを知っていましたから、あのとき踏みとどまることができたんです」

勇七が少し間を置く。

「それにあのとき、旦那はものの見事に手柄をあげたじゃないですか。あれが認められて、まだ二十の若さで定廻りになることが決定したんじゃなかったですかい」

「あの手柄だって、俺だけのものじゃねえ。おめえが力を貸してくれたからこそじゃねえか」

「そうでしたっけ」

「そうだよ。向こう見ずに俺が賊どもの隠れ家に突っこんでいって、いきなり襲いかかられたとき、勇七が身を挺《てい》して守ってくれたじゃねえか」

「覚えがありませんねえ」

「とぼけやがって。あのとき、危ないってうしろから叫んで、おめえは賊の一人に突進していったじゃねえか。勇七の働きのおかげで、俺はかすり傷一つ負わずにすんだ。どころか、賊の一人を捕らえることができた。もっとも、あれも考えてみりゃあ、勇七のお膳立てがあったからこそだったなあ」

「あっしはお膳立てなんかしていませんよ」

「なにいってんだ。したじゃねえか。賊を叩きのめして、ほとんどふらふらにしておいてくれただろうが。だから俺は、やつを十手《じって》で殴りつけるだけですんだ」

「いえ、本当になにもしていませんよ。旦那のために身を投げだしたのは思いだしましたけど、そのあとあっしは旦那のまわりをうろうろしているのが精一杯でしたからね。まわりはほとんど見えていませんでした。余裕がまったくなかったんです。ですから、お膳立てなんかとてもできる状態じゃありませんでしたよ」

それをきいて、文之介は顔をしかめた。勇七の瞳には真実の光が宿っている。嘘などついていない。

「だったら、あれは誰がやったんだ」

「さあ、あっしにもわかりません」

「父上かな。あの捕物に確か参加されていただろう」

「いえ、参加されていなかったと思いますよ。あのときは珍しく風邪を召されていて、高熱のせいでほとんど身動きができなかったんじゃありませんかね。捕物に出るっておっしゃって無理に御番所に出てきたところを、その体では無理だ、むしろ足手まといになるぞと桑木《くわき》さまがおとめになったのを、あっしははっきりと覚えていますよ」

そういえば、確かにそんなことがあった。そのあと丈右衛門は屋敷に帰ることもままならず、町奉行所の宿直《とのい》部屋で横になっていたのだ。

ひどい風邪にもかかわらず無理をおして出てきたのは、やはり捕物に出向く若いせがれが案じられてならなかったのだろうと、今となれば想像がつく。

歩《ほ》を運びつつ、勇七が下を向いてじっと考えこんでいる。

「旦那が倒した男ですけど、あれは首領の片腕でしたね」

「ああ、あとで桑木さまがそう教えてくださったな」

「旦那、あの男は本当にふらふらしていましたかい」

「ああ、していたな」

勇七が首をひねる。

「そうでしたかねえ。あっしの目には、そういうふうには見えませんでしたよ」

「していたさ。ふらふらで心許ない歩き方をしていたぞ」

「そうですかねえ。あの捕物のあと桑木さまがおっしゃっていましたけど、一番手強《てごわ》かったのは、首領の片腕だった。捕方《とりかた》が何人も怪我《けが》を負わせられた。それを一人でやっつけた文之介はたいしたものだと」

「桑木さまがそんなことをおっしゃっていたのか。初耳だな」

「だからこそ、見どころがあるってことで、旦那は定廻りに推薦されたんですよ。もちろん、ご隠居のせがれってことで、やはり血は争えぬというのも上の人たちの頭にはあったんでしょうけど」

勇七がうしろから文之介を見つめてきた。文之介はその眼差しを感じ、ちらりと振り返った。

「この前、旦那が例のお方らしい者に襲われたとき、相手の動きが妙に遅く見えたというような話をしていましたね」

文之介は、はっとした。

「じゃあ、初めての捕物のときに、この前と同じことが起きたっていうのか」

「それ以外、考えられませんよ」

勇七が断言する。

「首領の片腕といわれた男は、激しく鋭く動いていましたからね」

「そうだったかな」

文之介にはまだ疑問だ。

「父上は仮病で、まさか俺のために陰の働きをされたなんてことはねえのか。——あり得ねえ。あの日は俺が屋敷まで連れて帰ったが、父上こそふらふらだった。熱もひどかった。火鉢《ひばち》を背負っているようなもんだった。あれで、よく番所まで来られたもんだと俺は逆に感心したくれえだ」

うーむ、とうなり声を発して文之介は腕を組んだ。

「となると、勇七のいうことが正しいのかな。あれは、俺が自分の力であげた手柄だったのか」

「そうですよ」

勇七が力強くいった。

「もし誰かが手を貸したのだったら、そのことをほかの誰かが見ていたでしょうし、もしそういうことだったら、旦那が定廻りに推薦されるようなことは、決してなかったでしょうよ」

確かにそういうものかもしれねえ、と文之介も思った。

「だったら、あのゆっくり見えるのはいってえなんなんだ」

勇七がうらやましそうな顔になる。

「そいつはきっと旦那が神さまから与えられた力にちがいありませんぜ」

「神さまから。そいつはまた大仰な話だな」

「そのくらいしか、説明がつきませんからねえ。あっしだけでなく、ほかの人にもそんな力、ありゃしませんから。旦那にだけ与えられた特別な力ですよ」

「ふむ、神さまからねえ。父上はどうなのかな。俺と同じようなこと、起きたことはねえんだろうか」

「今度きいてみたら、いいんじゃないんですかい」

「ああ、そうするよ」

「ご隠居にも、子ができたことを知らせるんでしょ」

「そのつもりだ。父上は子を授かり、孫も授かるってことだ」

「腹ちがいですけど、ご隠居のお子は旦那の妹か弟ですものねえ。なにか不思議な感じがしますねえ」

「不思議といえば、これから生まれてくる二人は同じ歳なのに、甥《おい》と叔父《おじ》の関係ってことになる。甥と叔母《おば》かな」

　勇七がくすっと笑う。

「旦那はもう、自分の子は男の子って決めているんですね」

「そうだな。女の子でももちろんかまわねえんだけど、生まれてくるのはなんとなく男の子じゃねえかって気がしている」

「旦那の勘は当たりますから、合っているんじゃないですかね」

　文之介たちは、深川猿江町までやってきた。この町でおとといの晩、男が無残に斬り殺されたのである。

　今日もここから探索をはじめることに、文之介たちは決めていた。昨日は横川《よこかわ》沿いを南に向かい、木戸番たちをつかまえては人相書を見せ、話をきいていった。

　しかし、木戸番には、殺された男を覚えている者は一人もいなかった。

　今日、文之介たちは横川沿いを北に向かうことに決めていた。さつまいもの蔓が袂から見つかったことから、男は植物を扱う者ではないか、たとえば農学者ではあるまいかという思いが文之介たちにあり、昨日は町々の自身番に、そういう者の心当たりがないか、たずねていったが、こちらも空振りに終わっていた。

しかし、調べる方向としてはまちがえていないという確信があったから、今日もそれを継続してゆくつもりでいる。

むろん、歯のあいだにはさまっていた三つ葉のこともあって、料亭や料理屋にききこむことも同時に行わなければならない。

明らかに手が足りないが、砂栖賀屋の押し込みの一件は、自分たちの縄張外にもかかわらず、他の同心たちが当たってくれている。文之介が不満を口にするわけにはいかなかった。

文之介の期待は、丈右衛門から紹介された隆作という探索を副業としている男だ。あの男は、丈右衛門がかわいがっていたことからわかるように、ひじょうに使える。きっと殺された男について、なにか調べだしてくれるにちがいなかった。

しかし、隆作に期待しているだけでは同心としては失格だ。こちらも一所懸命、探索をしなければならない。

その甲斐あって、ようやく引っかかってきたことがあった。人相書を見せて話をきいた小間物《こまもの》の行商人が、自分の家の菩提寺《ぼだいじ》にいらっしゃった住職にとてもよく似ていますよ、といったのである。

その住職は名を中完《ちゆうかん》といい、今は別の僧侶に寺を譲って、町屋に一人で住んでいるとのことだ。中完がどこの町で暮らしているか、残念ながら行商人は知らなかった。気になって今の住職にきいたことはあるそうだが、はっきりとは教えてもらえなかったという。

きっと中完さまは悠々自適の暮らしを送っており、それを邪魔されたくないんでしょうね、と行商人はいったものだ。

中完さまがどうかされたのですか、とさらにきいてきたので、殺されたかもしれないことを文之介は包み隠さずに行商人に告げた。ここでいわずとも、いずれ耳に入るのは紛れもない。

行商人は、げえっと声をあげてのけぞり、口をあけたまま、それきり絶句した。大丈夫か、と文之介が声をかけると、ようやく我に返った。あんないい人が死んじまうなんて、といって涙を流しはじめた。

しばらく泣いていたが、なんとか落ち着きを取り戻した行商人から、中完という僧侶がいた菩提寺の名と場所を教えてもらい、文之介たちは足を急がせた。

南六軒堀町《みなみろつけんぼりちょう》に寺はあった。

一見したところ、こぢんまりとした寺で、境内もあっという間にひとまわりできそうなほど狭いが、正面に見えている本堂は昔の造りを保っているもののようで、いかにも由緒がありそうだ。

檀家《だんか》たちはこの寺を大事に守っているようで、ぐるりをめぐる土塀や本堂の壁で、崩れかけているようなところは一ヶ所もなく、葺《ふ》き替えを終えたばかりらしい本堂の瓦は陽射しを浴びて輝いていた。

寺の大きさに比して、不釣り合いなほど山門が立派だ。この山門を見る限り、もともとは広大な寺域を誇っていたのではないかと思わせる。あとは、山門を入ってすぐの左側に鐘楼《しようろう》が建ち、境内の右手奥に住職が暮らす庫裏《くり》があるようだ。

山門に掲げられている扁額を、文之介はあらためて見つめた。そこには、大究寺《だいきゆうじ》と黒々と墨書されている。まちがいなかった。以前、中完が住職をつとめていた寺である。

咎人が境内に逃げこんだ際、追いかけて入りこむのは禁じられているが、探索で話をきくだけなら、別にご法度《はつと》ではないし、文句をいわれることもない。

文之介は勇七をうながし、山門につながるたった三段の階段をあがろうとした。そのとき、右手からいきなり姿をあらわし、階段をおりようとする男がいた。

あっ、と男を見て文之介は声をあげた。勇七も目をみはっている。

男のほうもびっくりしていた。相変わらず苦み走った顔をしているが、すぐに文之介たちに柔和な笑みを浮かべた。

そういう表情をすると、途端に手習所《てならいどころ》の師匠がつとまりそうなやさしげな男に見えてくるから、不思議なものだ。

「さすがですね。調べが早い」

隆作が文之介たちをほめる。

「調べが早いのはおまえさんのほうだろう。もう住職に当たってきたんだな」

「ええ、そういうことです」

「収穫は」

隆作がにっとする。

「もちろんありました」

「あの仏の住みかがわかったんだな」

「ええ、わかりました」

「どこだい」

「案内しますよ」

階段をさっさと降りた隆作が先に立って歩きだした。

「中完さんになにかあったかもしれないということで、こちらの住職も一緒に行きたそうでしたが、ちょっとこれから外せない法事があるとのことでした。なにかあったら、必ず知らせてほしい、と頼まれましたよ」

中完が暮らしていたのは、本所柳原町《ほんじょやなぎわらまち》四丁目の一軒家である。

建坪《たてつぼ》は二十坪ばかりあるだろう。

四角い家である。まわりは町屋がびっしりと建てこんでいる。それでも、川がすぐそばを流れていることもあるのか、風の通りがいいようで、どこかすっきりした雰囲気があたりを包みこんでいた。

ここは、中完の持ち家とのことだ。文之介たちは垣根がめぐらせてある家を見つめた。垣根の切れ目に、大きな枝折戸《しおりど》が設けられている。

枝折戸には、錠などはつけられていなかった。文之介が少し力を加えると、風に押されたようにたわいなくひらいた。かすかにきしむ音が耳を打つ。そこから意外に広い庭が見渡せた。

文之介たちはすぐには足を踏み入れず、しばらく見渡した。堆肥《たいひ》のにおいが鼻を打つ。庭には、さまざまな作物が植えられており、緑色が微妙にちがう葉を、競うように風に揺らせていた。

とがったようなぎざぎざの葉は大根だろう。父が好きで、八丁堀の屋敷の庭に植えていたから文之介は知っている。

さつまいもも見えている。葉が茂りすぎるほど茂っていた。

ほかにもいろいろと栽培されているようだが、初めて見るものばかりで、それらがなんという作物なのか、文之介には見当もつかなかった。

文之介たちは踏みだし、敷地内に入りこもうとした。その前に、横合いから声がかかった。

「中完さんなら、お出かけですよ」

目を向けると、近所の女房らしい者が立っていた。竹箒《たけぼうき》を手にしている。どうやら、このあたりの落ち葉をこまめに掃いているようだ。文之介が町方役人であると知って、声をかけてきたようだ。

「これを見てほしいんだが」

文之介は、懐から取りだした人相書を女房の目の前で広げた。

「この人は中完さんかい」

女房が人相書に顔を寄せて、じっくりと見る。そのとき風が吹いて、枝折戸がぱたりと閉じた。庭が見えなくなり、堆肥のにおいも風に流された。

女房が人相書から目を離す。

「はい、目元が若干ちがうような気がしますけど、中完さんにそっくりです」

人相書を描いたとき、あの仏は目を閉じていた。そのあたりは、仕方あるまい。

「中完さんはいつからいないんだ」

人相書をていねいに折りたたみ、懐にしまってから文之介はたずねた。

「いつからか、あたしもはっきりは知らないんですけど、昨日、今日とお姿を見ていませんよ」

「中完さんとは付き合いがあるのか」

「中完さんがこちらに越してきてからですから、まだほんの二年くらいですけど、けっこう親しくさせてもらっていますよ」

「どんな人だ」

「いい人ですよ」

間髪《かんはつ》を容《い》れず答えた。

「あたしたち近所の者にいろいろな蔬菜を気前よくくださいますし、それがどこで買うよりおいしいし。あたしたちもお礼に、朝餉や夕餉をつくったりしています。中完さん、お一人だから」

「中完さんが前はなにをしていたか、知っているのか」

「ええ、大究寺というお寺さんのご住職だったときいています」

「蔬菜のことをいろいろと調べたりしているのか」

「ええ、究《きわ》めようとしているとおっしゃっていました。小さな頃から蔬菜のことが大好きだったそうです。それがどうしてか調べることのほうにのめりこみ、ご住職時代はなかなかできなかったけれど、こちらに越してきてからは、思う存分できるっておっしゃっていました。こちらの畑はすべて中完さんご自身が鍬《くわ》一本でひらいたんですよ」

あれを全部一人でか、と文之介は思った。気の遠くなるような作業だ。蔬菜のことに没頭したいから、きっと大究寺の檀家たちにもできるだけ居場所を知らせないようにしたにちがいなかった。

「中完さんは、近所付き合いはいいとのことだが、ほかに付き合いのある者はいたのかな」

文之介はさらに問うた。

「中完さんがどういう方とお付き合いがあったのか、あたしらにはよくわからないですけど、ときおり大名駕籠のような立派な駕籠がやってきたこともありましたよ」

「大名駕籠だって。乗っていたのが誰かわかるか」

「いえ、わかりません。みんなで噂《うわさ》し合ったものですし、中完さんにもきいたことがあったんですけど、教えてもらえませんでした」

「よく来ていたのか」

「あたしが見たのは三、四度です」

文之介は勇七を見た。勇七とまともに目が合った。勇七の瞳は、松平駿河守ではないですか、といっている。

文之介は同意の意味でうなずきを返した。女房に顔を向ける。

「駕籠には供がついていたな。何人くらいだった」

「いつもそんなにびっくりするほどはついていませんでしたよ。十人もいなかったんじゃないかしら」

「駕籠はこの枝折戸を入っていって、家の戸口につけられたのか。そこから駕籠の主は家に入っていったのか」

「そこまで見たことはありませんでしたけど、この枝折戸の前で駕籠を降りられるようなことはありませんでしたね」

「駕籠の主は、どんな用事で中完さんに会いに来たんだ」

「中完さんによれば、碁を打ちに見えたとのことでした」

「中完さんは碁が好きだったのか」

「ご自分では、下手の横好きだと笑ってらっしゃいましたけど」

もし駕籠の主が松平駿河守だとしたら、どういうことになるのか。殺される直前に、中完が料亭、料理屋で一緒に松茸の土瓶蒸しを食したのは、松平駿河守だったということはないのか。

女房にきけることは、そこまでのようだった。礼をいって、文之介たちは冠木門に向き直った。

上空を鳶《とび》が二羽、ゆったりと舞っている。ときおり、互いを呼び合うように鳴きかわしていた。

眠りを誘うようなのんびりとした声音だが、松平駿河守がやはり絡んでいるかもしれぬ、と考えている文之介に眠気などこれっぽっちもなかった。

「あの、中完さん、どうかされたんですか」

女房はこれをきくまでは立ち去りがたかったようだ。

「殺されたかもしれねえ」

飾ることなくはっきり文之介は告げた。

ええっ、と思い切り目を見ひらいて女房が叫び声をあげる。そのまま身動きを忘れたかのようにかたまってしまった。

「嘘……」

嘘だったらどんなにいいかと文之介も思うが、あの仏が誰にしても、人が一人殺された事実に変わりはない。

「まだ本当に殺されたのが中完さんだというのはわかっていねえんだが、必ず下手人は捕らえてみせる。待っててくれ」

女房はぼろぼろと涙を流している。中完という男がどれだけ慕われていたか、よくわかる。

許せねえとの思いが強くわきあがってきた。必ず仇《かたき》は取ってやる、と脳裏に不意に浮かびあがってきた中完の死顔に文之介は語りかけた。

「行きますかい」

隆作が文之介をうながしてきた。

「ああ、行こう」

文之介はあらためて枝折戸を押した。また庭が見通せるようになった。穏やかな陽射しを浴びて、作物たちは気持ちよさそうに葉を揺らせている。

文之介たちは敷地内に入りこんだ。堆肥のにおいが急速に強くなり、少し息がしにくいくらいになった。

土は黒色が濃く、よく肥えているのが文之介にも知れた。作物はよく丹精されている。生き生きと育っているのがわかる。さぞうまかろうと思った。

「かぼちゃがありますね」

隆作が指を指す先に、大きなかぼちゃがごろごろしていた。長い蔓が何本もの竹に絡みついて伸びており、それは命の力強さというものを文之介に覚えさせた。

赤子が自分にも生まれる。ああいうふうに強くたくましくあってほしいものだと、強く願った。

「にんじんやねぎもありますね」

隆作が庭を見渡していう。

蕎麦切りと一緒に出てくるものは刻まれているといっても、さすがに大好物に常に添えられているものだけに、文之介にもねぎはわかった。

「入ってみますか」

隆作が家を指す。

「ああ、そうしよう」

文之介たちは戸口の前に立った。

戸にも錠はかかっていなかった。文之介たちは入りこんだ。

三つの部屋がある家のなかは、きれいに整頓《せいとん》されていた。家財はほとんどない。着物の入った箪笥《たんす》が二つに、文机が一つあるだけである。文机の引出しに、文《ふみ》などは残されていなかった。

竈《へっつい》が二つ、しつらえられている台所には皿や器が少々あり、膳は一つしかなかった。左側の竈《かまど》に釜がのっていたが、きれいに洗われており、米のかすなどはまったくついていなかった。

その後、時間をかけて家のなかを文之介たちは手分けして探したが、下手人につながるような手がかりを見つけることはかなわなかった。

残念だったが、落胆はなかった。こんなことは、探索の途上ではよくあることにすぎない。

文之介たちは庭に出た。それから枝折戸を抜けた。外に出ると、一気に堆肥のにおいが消えた。

目の前に、数人の女が立っていた。先ほどの女房が一番前にいる。どうやら近所の女房たちのようだ。皆、顔が暗い。目を潤ませている者もいた。

「中完さんは今どちらにいるんですか」

先ほどの女房が代表してきいてきた。

「深川猿江町の自身番だ」

「ご遺骸《いがい》を引き取りに行ってもよろしいんですか」

「中完さんに家人は」

「いえ、いないと思います。天涯孤独だとおっしゃっていましたから」

「中完さんは、人別《にんべつ》をこの町に移しているのか」

「はい、人別送りはちゃんとしたとおっしゃっていました」

「ならば、引き取ってもよかろう」

「ありがとうございます」

女房たちがいっせいに頭を下げた。

「いや、俺たちもありがたい。おまえさんたちで葬儀をだすのか」

「はい。もし自分がくたばったらそうしてほしい、と中完さんにいわれていますから」

「そうか。殺されちまったといっても、おまえさんたちが葬儀をだしてくれるんなら、中完さんも喜ぶにちがいあるまい」

「中完さん、誰に殺されたんですか」

目に力がある若い女房がきいてきた。

「そいつはまだわかっていねえ。調べて、必ず下手人は引っ捕らえる。それより、おまえさんたちに心当たりはねえか。あまりこんなことは口にしたくねえが、中完さんは袈裟懸けに斬り殺された」

女房たちが顔を見合わせ、目を見かわす。

「下手人はお武家ですか」

やや歳のいった小柄な女房が問うてきた。

「いいきることはできねえが、そういう考え方はできねえでもねえ」

「お武家なら、一人、心当たりがあります」

若い女房がいった。

「誰だ」

女房がためらいの色を見せる。

「案じずともいい。俺たちは決して他言はせぬゆえ」

「前に元加賀町《もとかがちょう》に行ったときなんですけど、そこで中完さんに会ったんです。会ったといっても少し離れていたんで声はかけなかったんですけど、中完さんはちょうど武家屋敷の門を入ろうとしているところでした」

元加賀町か。

「その武家屋敷のあるじはわかるか」

女房の口からささやかれた名は、松平駿河守だった。

やはりそうだったか。

文之介は勢いこんだ。勇七も手応《てごた》えがあったという顔をしている。

その後、文之介たちは柳原町四丁目を離れ、中完が住職をつとめていた大究寺に再び足を運んだ。隆作に頼み、大究寺の住職に話をきいてもらった。

隆作はほんの四半刻も庫裏にいなかった。すぐに山門を抜けてきた。

「どうだった」

文之介は待ちきれずにきいた。

「中完さんは、確かに松平駿河守さまとは碁敵《ごがたき》とのことでした」

隆作は、中完が松平駿河守とよく会食していた料亭もきいてきていた。深川石島町《いしじまちょう》にある長瀬《ながせ》という料亭だった。

さっそく文之介たちは長瀬に向かった。

長瀬はまだ店はあいていなかったが、支度のために大勢の奉公人が働いていた。

おとといの晩、確かにこの店に中完は来ていたとのことだ。一人ではなく、人と会っていたという。

中完と会っていたのは、蔬菜の種や苗などを扱う商家の者だった。商家の名は磯辺屋《いそべや》といい、永代寺門前東町《えいたいじもんぜんひがしちょう》に店を構えているとのことだ。あるじと番頭の二人で中完と会っていた。

その晩、確かに松茸の土瓶蒸しを中完たちは食したという。酒も少しだけだが、たしなんだようだ。

料亭長瀬からの帰路、中完が斬り殺されたのは、まずまちがいなかった。

磯辺屋の二人はまさか殺されるのを案じたわけではないだろうが、駕籠でお帰りください、と勧めたようだ。しかし、中完がそれを断ったという。

風に吹かれて酔いを醒《さ》ましながら帰るから、と答えて、一人提灯を揺らして闇《やみ》に消えていったのを、見送った長瀬の奉公人がはっきりと覚えていた。

二

箸を置き、鬢をかいた。

いったいあれはなんだったのか。

こうして朝餉をとっているいま思い返してみても、おかしな夢だった。丈右衛門は軽く首を振った。

「どうかされましたか」

給仕をしているお知佳にきかれた。お知佳の背中でお勢はぐっすり眠っている。安らかな寝息がきこえてくる。

「妙な夢を見たんだ」

「どんな夢ですか」

お知佳が小首をかしげてきく。

「ききたいかい。本当にたいした夢ではないが、かまわぬか」

お知佳が頭を下げる。

「はい、お願いします」

悲鳴のような声が耳を打った。

誰かが自分のことを呼んでいる。

あれは、お知佳ではないか。

いったいどうしたのか。丈右衛門はあわてて立ちあがり、廊下を寝所に向かった。水のなかを行くかのように、なかなか前に進めない。なにか自分の体ではないようで、ひどくもどかしい。

ようやくたどりつき、がらりと腰高障子をあけた。

苦悶《くもん》の表情で、お知佳が体を折り曲げている。どうした、と声をかけ、丈右衛門は寝所に足を踏み入れた。

「陣痛が」

息も絶え絶えにお知佳が声を漏らす。

「はじまったのか」

いくらなんでも早すぎないか。身ごもったのがわかったのは、ついこのあいだではないか。だが、そんなことはいっていられない。

「お産婆さんを呼んだほうがよいか」

丈右衛門は背中をさすりながらきいた。

「いえ、まだ大丈夫です。そばにいて手を握っていてください」

わかった、と答えて丈右衛門はいわれた通りにした。お知佳がぎゅっと握り返してくる。爪が立っていてひどく痛いが、我慢するしかない。

お知佳は、だらだらと脂汗を流している。妻と一緒にいるはずのお勢の姿がどこにもなかった。そのことに、丈右衛門は妻の陣痛以上に狼狽した。内心の動揺を押し隠して、お知佳にたずねる。

「お勢はどこだい」

「あなたさまが」

苦しげな色の浮いたお知佳の目が丈右衛門の背中に向けられる。

丈右衛門は、いつの間にかお勢をおぶっていることに気づいた。お勢は、すやすやと安らかな寝息を立てている。頬をつねっても起きそうにない。

「痛い」

お知佳が、体をねじるようにして顔を伏せた。額《ひたい》が腹につきそうになるまで、体を曲げている。

「大丈夫か。やはりお産婆さんを呼んでこよう」

「いえ、大丈夫です。もう生まれますから」

「なんだと」

丈右衛門が嘘だろうと思った瞬間、おぎゃおぎゃっと声がした。声のほうを見ると、お知佳のかたわらに赤子が横たわっていた。手足をばたばたさせている。

「早く抱きあげてください」

お知佳にいわれ、丈右衛門はあわててそうした。

「どうすればいい」

「お乳をあげてください」

急にいわれてもどうすればよいか、わからなかった。

「あなたさまのお乳です」

「なんだって」

「早く」

仕方なしに丈右衛門は着物の前をくつろげ、胸をはだけた。

「これでよいのか」

「はい、けっこうです。早くあげてやってください」

丈右衛門は赤子の顔を見て、どこに口があるか、確かめようとした。その顔を見て、ぎょっとした。文之介だったからだ。しかも、顔はもう長じて大人のものなのに、体だけが赤子なのである。

「文之介……」

丈右衛門はわけがわからず、つぶやきを漏らすのが精一杯だった。その文之介がいきなり丈右衛門の胸に向かって吸いついてきた。その力の強さに、丈右衛門は痛い、と声をあげていた。

その瞬間、丈右衛門は目覚めた。眼前に、お知佳の顔があった。丈右衛門を起こしに来たところで、肩をやさしく揺すっていた。

丈右衛門は、自らの右手が胸を思い切りつかんでいるのに気づいた。

「とまあ、こんな感じだ」

丈右衛門は口を閉じた。お知佳がくすくす笑っている。

「本当に変な夢ですね」

「どうしてあんな夢を見たのか、さっぱりわからぬ」

「夢に意味などないでしょうから、気にすることはありませんよ」

「本当に意味はないのかな。文之介が助けを呼んでいるような気がしないでもない」

「文之介さんはしっかりしたお人ですから、大丈夫ですよ」

「文之介がしっかりした人か。あいつがきいたら、きっとくすぐったがるだろうな」

丈右衛門は朝餉を終えた。お知佳が後片付けをはじめる。

さて、今日からどうするか。丈右衛門は考えた。おぐんの将棋相手の仕事は昨日で終わった。

しかし、考えたところでどうにかなるものではない。家の前に出て、呼びこみをしたところで客があるとは思えない。

そんなことを思って、居間でごろりとしていたら、訪《おとな》いを入れる声がきこえた。お知佳が戸口に立つ気配が伝わる。と思ったら、短い廊下をこちらに向かってくる足音が耳に届いた。

丈右衛門は体を起こした。

「あなたさま」

腰高障子越しに声がかけられた。

「なにかな」

「お客さまです」

腰高障子がすっと横に滑り、お知佳の顔があらわれた。どこかうれしそうにしているのは、頬がつやつやと輝いていることからわかる。

「仕事のご依頼みたいです」

総髪《そうはつ》がうしろで無造作に束ねられている。目が鋭かった。ひげがぼさぼさで、お世辞にも風体がよいとはいえない。

歳は四十をいくつかすぎているだろうか。名は、山形玄馬斎《やまがたげんばさい》といった。

玄馬斎とはなかなか変わった名だ。なにを生業《なりわい》にしているのか。

身なりはふつうで、着ているものは悪くない。袴《はかま》の裾《すそ》が汚れてでかてかしている。しかし、座敷に正座している姿はさまになっている。よく光る瞳で、丈右衛門を遠慮なくじろじろと見ていた。

刀が畳に置かれている。侍には見えないが、こうして堂々と刀を所持しているということは、名字帯刀《みようじたいとう》を許されているということか。どういう身分の者なのか。

玄馬斎とはどこかで一度、会ったことがあるような気がする。どこでいつというのを思いだせないのが、もどかしい。これも歳を重ねたせいか。

なんにしても、顔に見覚えがあるような気がしてならない。話をしているうちに、思いだすだろうか。

「それで、どんなご用件でしょう」

丈右衛門は静かな口調で玄馬斎にたずねた。

「ここにはおぐんさんの紹介でまいった」

玄馬斎がまず前置きした。

「ほう、おぐんさんとはどんなご関係でいらっしゃるのか」

「おぐんさんのご亭主が、医者だったことをご存じかな。昔、わしは患者だった。ご亭主をかかりつけの医者にしていた。まあ、そういう関係ですよ」

「そういうことですか」

丈右衛門は納得した。

それを見て取ったらしい玄馬斎が軽く息をのむ。

「こちらにまいったのは、ほかでもない。用心棒をお願いしたい」

だだっ広い場所だ。

まわりは畑ばかりである。今は大根、にんじんが多いようだ。

玄馬斎は一軒家に住んでいた。一番近い家は、二町ばかり西の百姓家である。ここも江戸で、しかも朱引《しゅび》き内というのが嘘としか思えない場所だ。

自分が現役だった頃は、ここまで見廻りにやってきたことがあっただろうか。ほとんど記憶はない。

文之介はどうしているのだろう。自分よりも仕事熱心なのは確かだが、ここまで来ているとはさすがに思えない。

家は四部屋の造りである。玄馬斎はこの家に一人で暮らしている。確かに女っ気はまったくない。そのせいか、掃除《そうじ》はあまりされていないようだ。

食事は自分でつくっているという。飯炊《めした》きばあさんを雇いたい気持ちがないわけではないが、それもなんとなく億劫《おっくう》とのことだ。堅苦しい思いをするくらいなら、自分で好きなものをつくって食べていたほうがいい、と玄馬斎はいった。

家のなかで、一番大きな座敷が玄馬斎の仕事場になっていた。着物の端切《はぎ》れや紙の粘土、竹、木、おがくずなどがところ狭しと置かれ、転がり、散らばっている。

玄馬斎の仕事というのは、人形師である。

それも玄馬斎が自らいうのには、一流のなかでも最も上のほうに位置しているとのことだ。

いわれてみれば、人形師というのは名字帯刀が許されている。人形作りというのは、それこそ日の本の国全体に広がっているが、それは大名が召し抱えて各地に連れ帰ったからである。

大名に召し抱えられたからといって、それが即、侍になることを意味しないが、それなりの身分を与えられたことにはなる。だから、人形師には名字帯刀が許されることになったのである。

これから得意先におさめる現物が何体か、隣の部屋に置かれているが、玄馬斎の言葉が大仰ではないと思えるほど、すばらしい出来といってよい。

いずれも市松《いちまつ》人形である。江戸で人形という場合、市松人形をいうほど、盛んにつくられている。

大きさはいろいろある。一番大きいのは、三尺は優にあるだろう。最も小さいのは一寸ほどだろうか。これは豆市松と呼ばれているものだそうだ。

しかし、人形の大きさを問わず、実にていねいな仕事ぶりだ。それは、はっきりと伝わってくる。肌のなめらかさ、表情の生きのよさ、きっちりと細部まで作りこまれている技のすごさなど、知らずため息を漏らしてしまうほどだ。

そういう技だけでなく、それ以上に心に迫ってくるのは、人形がまとっている独特な雰囲気である。

じっと見ていると、別の世界に連れていってくれるのではないか、と思えるような迫力がにじみ出てくる。まるでそこだけちがう風が吹いているかのようだ。

「どうかな」

玄馬斎に問われ、丈右衛門は正直な思いを口にした。

「これまでいろいろな人形を見てきたが、玄馬斎さんのものにくらべると、ただの作り物にすぎなかったのがわかる。ほかの人形師のものは、人形でしかない。人形、人形しているる。人形なのだから当たり前といわれそうだが、玄馬斎さんのつくるものは明らかにちがう。息づかいがきこえてきそうだ。肌のあたたかさ、やわらかさも感じ取れる。本当に生きて、ものを考えているようだ」

玄馬斎が相好《そうごう》を崩す。

「丈右衛門さんは正直な人だな。おぐんさんがいっていた通りだ」

「しかし、この人形たちを見て、そういうふうに感じない人は、おらぬのではないかな。それだけすごいということだ」

玄馬斎が丈右衛門の前にやってきて、どかりと腰をおろした。

「だがこのところ、ちと不振に陥っていてな、どうもいかんのだ」

「不振に陥っているというと」

「やる気が出ないというのか、力が発揮できる状態ではないのだよ。調子が出んというのが、最もいい当てているかな」

「だが、これらはすごい出来だ」

丈右衛門は人形たちに目をやった。玄馬斎が唇を嚙《か》み締める。

「つくりはじめてしまえば、なんとかなるんだ。今は仕事に取りかかるのに、とにかく時間がかかる。いやいややっている感じがしてならんのだよ。どうにも、やろうという気にならんのだ。以前はこんなことはなかった。好きな仕事をして金が入ってくることに、これ以上ないくらい満足していた。こんなに喜ばしいことはないと思っていたんだ。それなのに、まさかこんな状態になるとは夢にも思わなかった」

玄馬斎が情けなさそうに首を振った。

「いや、まあ、そのことはよい。自分の問題だからな。きっといつか抜けだせる日がやってこよう。それよりも目の前のことだ。こちらのほうがずっと切実だ」

丈右衛門は座り直し、背筋を伸ばした。

「眼差しを感じるといわれたな」

「それよ」

玄馬斎が鋭い目を光らせた。

「眼差しだけではないんだ。妙な雰囲気、気配を感じることもある」

「それは害意を感じるということかな」

「ああ、いやな気配だから、害意を含んでいるにちがいない。とにかく気味が悪くてならんのだ」

「眼差しを感じたり、妙な気配を覚えるようになったのはいつからかな」

玄馬斎が考えこむ。

「かれこれ一月ばかり前からか」

「その頃、なにか変わったことがなかったかな」

玄馬斎がまた黙考する。

「注文を断ったな」

「誰からの」

「旗本だ」

「名は」

「松平駿河守さまだ」

「松平駿河守さまというと、確か公方《くぼう》さまのご子息だな。八千石くらいの大身だったような気がするな」

「八千五百石だ」

「そうか。玄馬斎さん、その八千五百石の仕事を断ったというのか」

ふふん、と玄馬斎が鼻を鳴らした。

「正しくいうと、断ったわけではない。納品まで三年はかかるといっただけだ。名誉だが、大身の旗本だからといって先に取りかかるわけにはいかないんだ。しかし、向こうはそんなには待てない、といって帰っていった」

「まさか、松平駿河守さまがじかに頼みに見えたわけではないだろうな」

ふっと玄馬斎が渋い笑いを見せた。

「じかに来たら、もっと早くつくろうって気になったかもしれんな。しかし、注文を持ってきたのは家臣だった。家臣の名はもう忘れたがね」

そうか、と丈右衛門はいった。

「その家臣はおとなしく帰っていったのか」

「帰っていった。無理強いをするようなことはなかった。順番待ちで、どうしてもそのくらいかかるといったら、納得していた感じだった」

玄馬斎が続ける。

「それが仮に公方さまからの注文でも同じことだ。わしも江戸生まれの江戸育ちだ。公方さまのことは敬《うやま》っているが、それと仕事とは別だ。公方さまに食わせてもらっているわけではない」

最後の言葉には、玄馬斎の持つ強烈な自負が感じられた。このくらいの自信がないと、これだけの人形をつくることはかなわないのだろう。

「松平駿河守さまの注文を断ったあたりから、妙な雰囲気が漂いはじめたのだな」

「そんな気がする」

「それから、松平家からの人形の注文はないのか」

「ああ、ないな。音沙汰《おとさた》なしってやつだ」

丈右衛門は一度、目を閉じた。すぐにあけた。目の前の壁に、やもりが張りついているのが見えた。

「ほかにいやな気配を覚えるような心当たりはないか」

玄馬斎が考えに沈んだ。

「いや、ないな」

「そうか、わかった」

「丈右衛門さん、ここまで来てくれたということは、用心棒を引き受けてくれるということだな」

「うむ、そのつもりだ」

「ありがたし」

「しかし正直に申しておくが、わしだけでは心許ないものがあるのは事実だ」

「腕に覚えがないのか」

「覚えはある。あるが、わしは用心棒が本職ではない」

「そういえば、富久町《とみひさちょう》の家で丈右衛門さん、どこかに使いを走らせていたな。あれは助っ人でも頼みに行ったのかな」

玄馬斎を待たせて、近所の若者に本郷《ほんごう》のほうに行ってもらったのである。目当ては、文之介の知り合いである里村半九郎《さとむらはんくろう》だった。凄腕《すごうで》の用心棒で、本職だ。

半九郎が一緒ならば、百人力だったが、残念ながらほかの仕事についているとのことだった。

半九郎は売れっ子の用心棒だ、こればかりは致し方なかった。

その半九郎だが、使いの若者によると、どうやらここ深川に来ているらしい。半九郎の妻が若者の応対に出たらしいが、どこの誰の用心棒をつとめているのか、そこまでは教えてくれなかったそうだ。

「代はどのくらいでいいのかな」

玄馬斎にきかれた。

「本職ならたくさんもらってかまわんのだろうが」

「遠慮なくいってくれ」

「それならば、一日三百文でどうだろうか」

あまり卑屈にならない口調で丈右衛門はいった。

「了解した」

玄馬斎があっさりと答えた。一日三百文というのは決して安くないと思うが、やはりかなりの稼ぎがあるのはまちがいない。誰にも真似できないこれだけの才の持ち主だ、稼げないほうがどうかしている。

「ところで、玄馬斎さん、ききたいことがあるのだが、いいかな」

玄馬斎がにこりとする。目の鋭さがやわらいで、意外に人を惹《ひ》く笑顔になった。なにをきかれるか、予期している表情である。

「どこかで一度、わしと会っておらぬか」

「思いだしてくれたか」

玄馬斎がうれしそうにいった。

「やはり会っているんだな」

「ああ」

「いつだ」

「だいぶ前だな。かれこれ二十年はたつんじゃないか」

「そんなに前か」

「だから、丈右衛門さんが覚えているはずがないと思った。このあたりはさすがだな。やはり凄腕の同心だっただけのことはある」

「同心としてのわしと会っているのだな」

「そうだ」

玄馬斎が大きく顎を引く。

「わしは当時、錺《かざり》職人だった。ちゃんと女房もいた」

丈右衛門は玄馬斎を見つめた。玄馬斎が肩をすくめる。

「ずいぶんと怖い顔をするな。まだまだ迫力があるぞ」

「おぬし、女房ともめ事を起こしたあの男か」

「おう、ついに思いだしてくれたか」

「おぬし、女房に刺されそうになったんだったな」

玄馬斎がうなずく。

「ああ、包丁で」

「あれは、浮気が原因だったな」

「ああ、そうだ。だが、わしのほうではなかった。女房のほうの浮気だ。もうあの女の名も忘れちまったが」

「別れてくれって懇願され、それを相手にせず、受けなかったから、刺されそうになったんだったな」

「まあ、そうだ。女房は、おりょうとかいう名だったなあ」

丈右衛門は腕組みをした。

「しかし、そのあともしばらく別れなかったな。刺されそうになったのに、どうして別れなかったんだ」

「やっぱりあの頃は若くて、女はよかった。なにより一緒にいると、寒さしのぎになったからな」

そのあたりの気持ちは、わからないでもない。なにより江戸には女が少ない。だから、立場が強い。浮気くらいは大目に見ている男は珍しくない。もっとも、それが理由で、亭主の種でない子供というのがひじょうに多くなっている。

「しかし、結局は別れたんだな」

「ああ、好きでもない男と一緒にいることが急にかわいそうになってな」

「今どうしているか、知っているか」

「さあ、どうしているかな。元気にしていればよいが」

「きっと元気にしているさ」

「それならいいんだが」

「玄馬斎さん、どうして錺職人から人形師になったんだ」

「金持ちの家に簪《かんざし》をおさめに行ったとき、すごい人形を見てな、自分もこんなのをつくりたいって思った。それがきっかけで、もう亡くなってしまったが、人形師の元に弟子入りしたんだ。さすがにとんとん拍子というわけにはいかなかったが、好きこそものの上手なれというわけで、なんとかやれるようになった」

今はやる気が出ないといっても、人形師になれたことについては自分でも満足しているようだ。

その後、玄馬斎が夕餉をつくった。丈右衛門は相伴《しょうばん》させてもらった。

玄馬斎は少しだけ酒も飲んだ。丈右衛門はむろん飲まなかった。

そのあと玄馬斎は仕事をすることもなく、掻巻《かいまき》を着て夜具に横たわった。いびきをかいて寝てしまった。

丈右衛門としては用心棒を引き受けた以上、ここで眠るわけにはいかない。眠気もない。

隣の間に行き、暗いなか、人形たちを眺《なが》めた。暗いほうが、迫力がより出てくるような気がした。

すごい腕をしている。それしかいいようがない。感嘆するしかない。自分もこういう腕があるのに気づいたら、同心をやめていただろうか。

わからない。仮定の話をしても仕方がない。人形に関して、自分にはこれだけの才はない。だが、探索に関しては天職といえるだけの才に恵まれていたと思う。同心にはなるべくしてなったのだ。

ふと、外でなにか物音がしたように思った。丈右衛門は刀を引き寄せた。鯉口《こいぐち》を切る。

耳を澄ませる。

だが、物音はその後、きこえなかった。猫かなにかだったか。

釈然としない。

丈右衛門は立ちあがり、戸口のほうに歩いていった。心張り棒《しんばりぼう》がかましてある。戸が動いたような気配はない。

勘ちがいか。

だが、胸騒ぎがしてならない。心が波立っている。なにかある。そんな気がしてならなかった。

体をひるがえし、玄馬斎の寝ている部屋に戻ろうとした。

そのとき、いきなり大きな音が立った。振り返ると、戸がこちらに倒れてくるところだった。

黒い影が迫ってきた。丈右衛門は刀を抜いた。だが、遅かった。腹に強烈な衝撃を感じていた。体から力が抜けてゆく。

「玄馬斎さん、逃げろ」

いったつもりだが、果たして声になったかどうか。

首筋に痛みが走った。手刀を受けたのを丈右衛門は知った。

目の前が一気に暗くなった。

最後に目に入ったのは、玄馬斎が使っている膳だった。

それが急激に薄れてゆく。

丈右衛門は土間に倒れこんだのを知った。したたかに右腕を打ったのがわかったが、痛みはまったく感じなかった。

歳を取った。

そのことを強烈に思った。

意識が途切れそうで途切れない。文之介のことが頭に浮かんだ。

これから自分がどうなるか、わからない。首に手刀を見舞ってきたくらいだから、今のところ殺そうという意志はないのだろう。賊は玄馬斎もろとも、かどわかすつもりでいるのか。

どこに連れていかれるにしろ、きっとあいつが見つけだしてくれるにちがいない。それだけのたくましさを身につけた。

そう思ったら気が軽くなり、丈右衛門の意識はぷつんと音を立てて切れた。

第三章　めんこ月夜風

一

料亭長瀬からの帰路、大究寺の元住職だった中完は斬り殺された。

そして、中完には松平駿河守と親しい付き合いのあったことが知れた。碁敵だったのである。

本所柳原町四丁目にある中完の家によくやってきたという大名駕籠は、紛れもなく松平駿河守のものであろう。碁を打ちに来ていたのかもしれない。

あるいは、酒を酌《く》み交わしに来ていたのかもしれない。中完は住職をつとめている頃から、かなりの酒好きとして知られていた。檀家の家にあがりこんで、般若湯《はんにゃとう》と称して酒をいただくことは、なんら珍しくなかったそうだ。

中完の家の近所に住む女房が、深川元加賀町にある松平駿河守の屋敷に入ってゆく中完の姿を見ていることから、中完のほうから碁を打ちに松平駿河守の屋敷へ足を運んだことも、一度ならずあったにちがいない。

しかし、それだけ親しい間柄だったにもかかわらず、松平駿河守は中完を闇討《う》ちも同様に斬り殺したのだろうか。

なにか気に入らないことがあり、斬り殺したのだろうか。それとも、中完に見られてはならないことを見られ、口封じをしたのだろうか。

だが、永代寺門前東町にある磯辺屋という蔬菜の種などを扱う店の者と長瀬で会食した際、中完はすこぶる機嫌がよかったことがすでにわかっている。

穏やかで人を惹く話しぶり、きらきらとよく光る瞳、じっと人の話に耳を傾けるときの真剣な姿勢など、いつもと変わるところは一切なかったという。

酒も勧められるままに杯を重ねたらしいが、乱れるようなことはまったくなく、にこにこと楽しそうに飲んでいたとのことである。酒にはもともと強く、醜態をさらしたことは一度もなかったそうだ。

中完は磯辺屋の得意客の一人で、よく店に来てはいろいろと話をしてゆくのが常だったとのことだ。

店の者が中完と話しているうちに、蔬菜のことにひじょうに造詣《ぞうけい》が深いことが知れ、店のほうでもさまざまな助言を受けるようになっていったそうだ。

中完が袂に忍ばせていたさつまいもの蔓も、磯辺屋の番頭が料亭長瀬で渡したものと知れた。

得意先の一人である百姓が持ってきたもので、番頭はどんな病なのか、なにが原因なのか、どうすれば防げるのか、などを中完に調べてもらうつもりで店に持ってきたのだという。

中完はほくほくとした笑顔でさつまいもの蔓を受け取ったのだそうだ。気に病むことがあるようだとか、気がかりがあるように見えたとか、そのようなことは一切なく、むしろ調べることができるのがうれしくてたまらないといった表情をしていたとのことだ。

昨日のうちに文之介と勇七は磯辺屋のあるじと番頭に話をきき、そういう証言を得たのである。

これらのことから、中完が身の危険を感じていなかったのは、まちがいのないところだ。まさかあの晩、死が待っていることなど知る由もなく、いい気持ちで家までの道のりをたどっていたのだろう。

そこをいきなり、前に立ちはだかられて斬られた。死を予期していなかったとしても、もともと僧侶だけに悟っていたところはあり、それゆえに中完は平静な死顔をしていたのではなかろうか。

昨日、文之介と勇七が隆作の合力《ごうりき》も得て、つかんだのはここまでである。

「それで旦那、今日はなにを調べますかい」

低く射しこむ朝日を浴びて、勇七がたずねてきた。

「俺、夢を見たんだ」

文之介は勇七にいった。

「夢というと、どういうのですかい」

「玉蔵のだ」

「夢に玉蔵が出てきたんですかい。まさか夢枕《ゆめまくら》に立ったんじゃないでしょうね」

「あれが夢枕だとは思わねえけど、やけに玉蔵の顔がはっきりしていやがったなあ」

「なにかいわれたんですかい」

「いや、なにもいわねえ。ただ、一緒になってめんこ遊びをしていただけだ」

「めんこですかい。よく一緒にやりましたねえ」

勇七が懐かしげに目を細める。すぐにまじめな顔になった。

「嘘ばかりついていたやつですけど、めんこだけは、ずるはしませんでしたねえ。強かったですよ」

「ああ、玉蔵は掛け値なしに強かった。俺は何枚、巻きあげられたことか」

「夢のなかで玉蔵とはめんこをしているだけだったんですかい。ほかに、誰か夢に出てこなかったんですかい」

「いや、誰も出てこなかった。ただひたすら玉蔵と二人でめんこをしていた。それで、俺が立ち小便をしようとしたところで、目が覚めた」

「夢の続きは」

「いや、見てねえ。もう明るくなりはじめていたからな」

「その夢には、なにか意味があるんですかねえ。玉蔵のほうで、なにかいいたかったことがあるとか」

「意味はあるんじゃねえかって俺は思っている。夢枕に立ったとは思えねえが、勇七のいう通り、玉蔵にはなにかいいてえことがあるんじゃねえかって気がしている」

「なにをいいたいんでしょう」

「さあな、そいつはまだわからねえ。めんこに意味があるとは思えねえし。とにかく玉蔵は、自分のことを調べてほしいって訴えているんじゃねえかな」

「じゃあ、もう一度、玉蔵のことを調べ直すってことでいいんですね」

「そうだ。松平駿河守のことを洗いざらい調べろって、玉蔵が教えてくれているにちげえねえ」

承知しました、と勇七がいった。

「それで、どこから行きますかい」

「まずどういうふうに玉蔵が松平駿河守の屋敷に奉公するようになったか、そのあたりからだな」

「だったら、口入屋《くちいれや》ですかい」

「ああ、そうだな。玉蔵のおっかさんのところに行けば、そのあたりのいきさつを詳しくきいているかもしれねえって考えてもみたが、玉蔵のことを思いださせるのも気の毒だ。母親がせがれのことを片時たりとも忘れるはずがねえが、少しは悲しみが薄らいだかもしれねえところに、のこのこと行きたくはねえ」

「さいですねえ」

勇七も同感の意をあらわした。

町奉行所の大門の下を出た文之介は勇七とともに、松平駿河守の屋敷がある深川元加賀町に足を向けた。

元加賀町周辺の口入屋を虱《しらみ》潰しにするつもりでいる。

元加賀町界隈《かいわい》には、大名家の下屋敷や旗本屋敷などがかたまっている。それらの武家屋敷に中間などを入れる口入屋も少なくなかった。

文之介たちはそれらを一軒一軒、地道に当たり、やがて玉蔵が使っていた口入屋を見つけた。

路上に柿田屋《かきたや》と墨書された小さな看板をだし、建物にもちんまりと遠慮がちな看板を掲げている店だった。

あるじと番頭、あとはあるじの女房らしい女だけの店だったが、控えめなところが江戸っ子の琴線《きんせん》に触れたのか、なかなかはやっていた。

番頭は玉蔵のことを覚えていた。というより、なじみだった。よくこの柿田屋を利用しては、中間奉公を繰り返していたそうだ。もちろん、松平駿河守の屋敷に奉公するようになったのも、柿田屋の紹介だった。

この番頭にとって、松平駿河守という殿さまはすばらしいお方とのことだ。あのお殿さまはとにかくおやさしいんです。お屋敷を訪ねたとき顔を合わせると、必ず気さくに声をかけてくださいます、とのことだ。

渡り中間たちにも、すこぶる奉公しやすいという評判を取っている。松平駿河守の屋敷へは半季奉公ではなく、一季奉公を望む者が絶えないそうだ。

「玉蔵は、渡り中間から侍に取り立てられたな。それはどういういきさつだったか、知っているか」

「いえ、存じません。お侍になり、正式に松平さまのお屋敷に仕えることになったのは存じておりますが、どうしてそういうふうになったかまでは」

番頭は玉蔵と同じときに松平屋敷に奉公していた男を紹介してくれた。その男も次々に奉公先を変えてゆく渡り中間だが、今はどこにも奉公することなく、長屋で遊び暮らしているのだそうだ。

金が尽きたら、また中間奉公をする気でいるのはまちがいなかった。奉公先は選ばなければいくらでもある。それが江戸という町だった。

名は稔吉《としきち》といった。

文之介と勇七は、さっそく稔吉の長屋に向かった。

柿田屋の番頭がいう通り、稔吉は長屋でくすぶっていた。朝っぱらから酒を飲んでおり、店のなかは安酒のにおいが充満していた。

顔をしかめたくなるようなにおいだが、文之介は我慢した。勇七はぎゅっと唇を引き結んでいる。できるだけ少しずつ息をしようとしていた。

稔吉の住んでいる長屋は、絵に描いたような九尺二間《けん》のつくりである。土間、流し、竈があり、掻巻姿の稔吉が座りこんでいるのは四畳半だ。

「すみませんねえ。せっかく八丁堀の旦那がお訪ねになったっていうのに、だらしない格好をお見せしちまって」

稔吉は恐縮したように頭を下げたが、酒屋の名が入った徳利を離そうとしない。口の欠けた湯飲みをぐいっとやって、ぷはーと酒臭い息を吐きだした。湯飲みから落ちそうになったしずくを指先でさらい、もったいねえ、といってぺろりとなめた。へへへ、と意味もなく笑った。

文之介はせまい式台に腰かけ、さっそく玉蔵がどうして侍として取り立てられたかという話をきいた。勇七はいつものように土間に突っ立ったままである。

「それですかい」

稔吉の顔つきがやや引き締まり、背筋を伸ばして座り直した。湯飲みを静かにすり切れた薄縁《うすべり》畳の上に置いた。

「いいやつでしたが、なんでも死んだって話ですねえ。しかも松平駿河守さまに手討ちにされたって。そいつは嘘っぱちに決まってますよ。松平さまはそんなこと、されるようなお方じゃありませんから。別の誰かが玉蔵たちを殺したに決まっています」

稔吉がいきなり熱弁を振るって松平駿河守の擁護をしたから、文之介は少なからず驚いた。勇七も同じようだ。

稔吉が涙を落とした。しずくが薄縁畳に小さなしみを次々につくってゆく。

「どうして玉蔵がお侍に取り立てられたかでしたね。いまお話ししますから、ちと待ってください」

文之介たちに否やはない。稔吉の心が落ち着くのをじっと待った。

やがて、鼻をぐすっとやって、稔吉は話しだした。

取り立てられるきっかけになったのは、ある夜、なにか妙な気配を嗅いだような気がした玉蔵が庭に出たとき、松平駿河守の寝所のほうから出てきた盗人を見つけ、ものの見事にとらえたからだという。

外に逃げようとする盗人を追って、つかまえたとのことだ。その働きを松平駿河守が賞賛したことで、取り立てられることが決まったのだそうである。

「そりゃ、あっしもびっくりしましたよ。盗人なんか身ごなしの素早い野郎ばかりで、つかまえるなんて至難の業ですからねえ。それを玉蔵の野郎は見事にしてのけたんです。宿直のご家臣ですら一人も気づかなかったのに、やつだけは盗人の気配に感づいたんですから、取り立てられるのも、当たり前のことですよね」

玉蔵のことをまるで我がことのように自慢げに話したが、不意に稔吉が不審そうな顔つきになった。

「しかし、松平のお殿さまはせっかく玉蔵がつかまえた盗人を解き放っちまったんですよ。あれはあっしたちも、どうしてなのかって不思議がりましたねえ」

「松平さまは理由をいったのか」

「ええ、おっしゃいましたよ。なにも盗られていないからっていうのが、理由でした。なにも盗っていないのに、罰するのはかわいそうだって」

稔吉が首をひねる。

「あっしらはさすがに首をかしげたものでしたよ。夜分、旗本屋敷に忍びこんだこと自体、罪なんですからねえ。あれは、松平さまらしい寛大なご処置だったように見えて、実は松平さまらしからぬ判断だったんじゃないかって、今でも思いますねえ」

それから、稔吉と少し話をしてから文之介と勇七は稔吉の長屋を出た。

路地は小便くさかったが、酒臭さから逃れられたことのほうが、文之介にはありがたかった。勇七も大きく胸を広げ、思い切り息をしている。

「盗賊の話だが、勇七、どう思う」

路地を歩き、長屋の木戸をくぐり抜けた。いま稔吉から場所をきいたばかりの町道場に向かう。

「よくわかりませんねえ」

勇七が眉をひそめて答えた。

「武家の場合、表沙汰にしたくないから、盗みに入られたこと自体、届け出をださないことがほとんどですけど、それはなにか盗られたことを恥であるとして、届けないだけですからね。その盗人は玉蔵が捕らえたんですから、御番所に突きだすべきでしたね。そうすれば、次に盗みに入られる武家が減るわけですし」

「そうだよな」

文之介は勇七の言葉にうなずいた。

「どうして松平駿河守は盗人を解き放ったのか。もしかしたら、盗人じゃなかったというようなことはないだろうか」

勇七が目をみはる。

「どういうこってす」

「よくわからねえんだが、松平駿河守には、その盗人に見えた男を捕らえるわけにはいかなかった事情ってもんがあったんじゃねえかなって、なんとなく思っただけだ。いってえどんな事情なのか、さっぱりわからねえんだけどな」

目当ての町道場は、稔吉の長屋から五町ほどしか離れていなかった。

じき昼だが、稽古《けいこ》に励む門人たちで道場はにぎわっていた。連子窓《れんじまど》から見える稽古ぶりはなかなか激しいものがあった。

腹の底からだしている気合が文之介に伝わり、ずっと剣術の稽古に精だしていないことをいやが上にも思い起こさせた。

この道場で、玉蔵は剣術の稽古にいそしんでいたのだ。

戸口の脇に、空念一刀流崎嶋《くうねんいっとうりゅうさきしま》道場と記されていた。どんな流派なのか、文之介には興味があったが、今はそのことに気を取られている場合ではなかった。

文之介と勇七は道場の奥で、玉蔵のことをよく知る師範代《しはんだい》に会うことができた。

その師範代によれば、玉蔵がこの道場に入門したのは、まだ二年ばかり前のことにすぎないとのことだ。

入門のきっかけは、玉蔵がやくざ者に叩きのめされたことだという。縄暖簾でしこたま飲んでいるとき、玉蔵はめくれあがった唇のことをからかわれ、激高した。外に出て喧嘩《けんか》になったが、数人のやくざ者に半殺しの目に遭《あ》わされた。

その復讐のために、玉蔵は剣術を習うことを思い立ったのである。もちろん入門の際は理由を伏せていた。

玉蔵の筋はよく、中間奉公の合間を見て通ってくるだけだったが、剣術の腕前はめきめき伸びた。

そうなると、剣術がもっとおもしろくなり、やくざ者への復讐など忘れた。そのことで玉蔵の剣術はさらに伸びた。

「玉蔵が死んだときききました。あのまま稽古に励んでいたら、もっとずっと伸びていたでしょう。免許皆伝《かいでん》どころか、師範代になるのも夢ではなかったでしょうね。まったくもったいないことをしたものです」

師範代が悲しそうにうなだれた。

その後も玉蔵のことを調べてみたが、それまでに知り得ていた以上のことを手に入れることはできなかった。玉蔵のことを調べることで、これまで知らなかった松平駿河守のなにかが浮かんでくるのではないか、という期待は木っ端微塵《こっぱみじん》に砕かれた。

「あの夢は結局、やっぱりなんの意味もなかったのかなあ」

文之介は慨嘆するようにつぶやいた。

「いえ、そんなことはないと思いますよ。あったに決まっていますよ」

「しかしなあ」

「めんこはどうですかい」

「めんこがどうかしたかい」

「なにか意味があるんじゃないですかい」

「めんこのことを調べて、なにか得られるかな」

「得られるかもしれませんよ」

めんこは泥でできている。型で抜いた粘土を焼きかためたものである。

遊び方としては、土の上に置かれた相手のめんこに自分のめんこを叩きつけて、割ったり、砕いたりできたら勝ちという、かなり乱暴なものが一つ。

もう一つは掘った穴に向けて投じためんこが入れば勝ちで、穴に入らなかっためんこを狙《ねら》って投げて的中すれば、そのめんこが我がものになるというものもある。

まだほかの遊び方もあるときいたことがあるが、文之介はこの二つしか、やり方を知らない。

めんこの形は、円や楕円《だえん》がほとんどである。大きさはいろいろとあるが、差し渡し一寸前後、厚みは二分くらいというのが、これまで文之介が目にしてきたなかで最も多い。

図柄はけっこうあって、浮世絵に描かれた役者の顔、力士、家紋、昔の武将の馬印《うまじるし》、有名店の商標、火消しの道具、十二支、七福神、妖怪《ようかい》、だるまなどさまざまである。

江戸で人気のあるものなら、なんでもこいといった感じでつくられている。素焼きのものがほとんどだが、色がつけられたものもなかにはある。

もっとも、めんこはたびたび禁令がだされてきた。子供だけでなく、大人も遊びに興じたからである。遊びといっても、大人の場合は金が絡んで、ほとんど博打《ばくち》といってよかった。

禁令が出るたびにめんこはいっせいに捨てられたが、すぐに復活して流行し、また禁令がだされるという形が続いてきた。

「夢に出てきためんこがどういう図柄だったか、覚えていますかい」

勇七にきかれ、文之介は考えこんだ。

「あれは、なんだったっけな」

夢のなかのことだから、おぼろげでしかない。しかし、考え続けているうちに、矢のようなものが脳裏を走り、文之介はそれをつかみ取った。

「あれは、月夜風《つきよかぜ》だ」

強い口調でいった。

「まちがいねえ。月夜風だ」

「月夜風というと、力士ですね」

文之介たちがまだ幼い頃の力士である。変わった名だが、そういう力士の例に漏れず、あまり強くはなかった。

「ああ。十両どまりの力士だったが、どうしてか絶大な人気があったな」

「親孝行で知られていたんですよ。公儀からも顕彰されたりしましたよね。金十両が与えられて、十両に十両ということで評判になったんですよ」

「ああ、そうだったな」

文之介は歩きつつ腕組みをし、考えにふけった。

「月夜風は女手一つで育てられたんだったな。おっかさんに楽をさせたいという思いで力士になり、十両まで進んだ」

「年に十両では、自分が思い描いていたような楽はさせられなかったかもしれませんけど、それまでの恩返しは十分にできたでしょうねえ」

「玉蔵は、このことをいいたかったのかな。女親に話をきけということか」

玉蔵の母親というと、おらんである。だが、文之介はそれだとしっくりこないものを感じる。腑《ふ》に落ちない。玉蔵は別のことを伝えようとしたのではないか。

「松平駿河守の母親というと、誰だ」

勇七がかぶりを振る。

「知りませんねえ。旦那は、松平駿河守の母親を調べるようにというのが、玉蔵の思いであると受け取ったんですね」

「そういうこった」

勇七が大きく顎を動かした。

「旦那、さっそく調べてみましょう。きっとなにかわかるにちがいありませんや」

「しかし、こういうのはどこを調べればいいんだろう。松平駿河守の母親は、公方《くぼう》さまの正室なのか。それとも側室なのか。側室なら大奥《おおおく》勤めをしていて、公方さまのお手がついたってことなのか」

「隆作さんはどうです。あのひとなら、この手のことはお手の物じゃありませんかね」

「確かにな。よし、さっそく隆作のところに行ってみよう」

文之介たちは道を進みはじめた。隆作には昨日、会ったばかりだ。すでに家がどこか、教えられている。

「ところで旦那、幸造さんのほうは、なにか進展があるんですかい」

うしろから勇七がたずねてきた。

「それか」

文之介はちらりと振り返っていった。

幸造というのは、おぐんの預かっていた赤子の喜吉を引き取った油問屋の菅田屋に出入りしていた岡っ引である。向島の一軒家で、首を飛ばされて殺されたのだ。

「幸造のことは勇七も知っての通り、ほかの方が調べている。だが、進展らしいものはなにもねえようだな。それがわかるから、俺もちときにくい」

「さいですかい」

喜吉がかどわかされた際、下手人への千両もの身の代の受け渡しを菅田屋から請け負った幸造は、番頭、手代《てだい》の二人を引き連れて向島に向かったのだが、文之介たちを撒《ま》いてみせた。

撒かれたのは、いま思いだしてもしくじり以外のなにものでもなく、地団駄《じだんだ》を踏みたいほどだが、そんなことをしても意味はない。前を見据えるしか道はなかった。

結局、幸造は一軒家において死骸で見つかった。一緒にいた番頭と手代は土間に横たわっていたが、両人とも気絶させられただけだった。

手代が背中に担いでいた行李《こうり》におさめられていたはずの千両箱は、跡形もなく消え去っていた。幸造は千両を持ち去った者とつながりがあり、それがゆえに口封じされたものと思えた。

二

「あの人形を見るだけで、目の保養になるわよ。眼福《がんぷく》というやつね」

ゆっくりと歩を進めつつ、おぐんが力説する。おぶっているお勢に目を当て、静かに背負い直す。

お勢はおぐんの背でもいつもと変わりなく、ぐっすりと寝ている。

「とにかくすごいのよ。玄馬斎さんは紛れもない天才よ。あんな人は、江戸広しといっても、ほかに一人もいないわ。お知佳さんも、きっとびっくりするわよ」

手放しのほめようだ。

「そんなにすごいのなら、早く私も見てみたいな」

お世辞でなく、心の底からいった。人形は小さな頃から大好きだ。そのなかでも、市松人形には特に心が惹かれる。

じっと眺めていると、なぜか気持ちがほっとし、凪《なぎ》のように穏やかになってゆく。出来のよい市松人形には、そういう力が秘められている。

お知佳はおぐんに誘われて、人形師の玄馬斎の家に向かっている。

心がうきうきしているのは、すばらしい市松人形を見られるからだけではない。丈右衛門の顔を目の当たりにできるからだ。こうしてみると、自分はあの人に本当に惚れているのがよくわかる。

丈右衛門は昨日、玄馬斎と一緒に深川富久町の家を出ていったばかりだが、お知佳は風呂敷包みに着替えを一杯入れている。それに、丈右衛門の好物である椎茸《しいたけ》の煮物も重箱に詰めてある。

喜んでくれる顔を見るのが、楽しみでならない。丈右衛門に会ったら、お勢もきっとはしゃぎまわるにちがいない。

もっとも、丈右衛門が玄馬斎の家にいるのは、用心棒をつとめるためである。遊びで行っているわけではないから、むろん長居はできない。

大丈夫だろうか。

お知佳は案じられてならない。

里村半九郎につなぎを取ろうとしたのも、用心棒としては自らを心許ないと思っているからだろう。

だが、半九郎とはうまくつなぎが取れなかった。

半九郎は売れっ子の用心棒とのことで、これは致し方ない結果だろうが、このことがなにかの予兆になるというようなことはないのだろうか。

お知佳は首を小さく振った。馬鹿なことは考えないほうがいい。

なにか別のことを考えることにした。なにがいいだろうか。気持ちが明るくなるような楽しいことがいい。

「きつくないかい」

おぐんがお知佳にきいてきた。

お知佳はほがらかに答えた。

「大丈夫です」

「前にもいったけど、体を動かしているほうがお産は楽だからね。こうやって歩くのもいいことよ」

おぐんが前を見晴るかす。

「大島村《おおじまむら》までだから。といってもけっこうあるのよね。玄馬斎さん、少し変わり者だから、ああいうあまり人のいないところに住んでいるのよ」

おぐんがくすっと笑いを漏らす。

「どうかしましたか」

「いえ、ちょっと思いだしたのよ。あの人、確か女房ともめ事を起こして、八丁堀のお役人のお世話になっているのよ。刺されそうになったの」

「ええっ」

「ぴんぴんしているんだから、なにもなかったのよ。でももしかしたら、そのとき仲裁に入ってくれた人、丈右衛門さんだったかもしれないわねえ。深川での出来事だから」

「どうしてもめ事になったんですか」

「女房のほうの浮気よ。でも本気になっちゃって、玄馬斎さんに別れてほしいっていったの。玄馬斎さんが首をたてにふらないから、女房が刃物を持ちだしたの」

「そのあと、どうなったんですか」

「さすがに別れたわ。それですっかり人嫌いになっちゃって、人形づくりにうつつを抜かして、ついには名のある人形師にまでのぼりつめちまった。お大名からも注文があるっていうから、たいしたものよね」

「本当ですね」

「でも困ったことに、気分が乗らないとつくらないし、注文が詰まっているからって、お大名や大旗本からの注文もけんもほろろに断ることがあるっていうから、天才のやることはわからないわねえ。私だったら、ほいほいつくって、お金にしちゃうのに。玄馬斎さんほどの才がないことに、つくづくため息をつくしかないわねえ」

「世の中、うまくいかないものですね」

「まったくよ。もっとも、数をつくらないから、すごいのができるっていうこともあるんでしょうけどね」

「ああ、そうでしょうねえ」

お知佳は相づちを打った。

「女房と別れたから人形師になり、しかも最高の腕を持つ人になれた。人というのは、ほんと、わからないものですね。――ところで、おぐんさんはどうやってご亭主と知り合ったのですか」

おぐんがにかっとする。

「お知佳さん、私にも興味を持ってくれたの」

「前からききたかったんです。お医者と知り合うって、患者以外ではなかなか思いつかないものですから」

おぐんが不思議そうにする。

「私と亭主って、患者として知り合ったように見えない」

おぐんに問われ、お知佳は静かに首を横に振った。

「いえ、そんなこともないんですけど、なぜか患者として知り合ったのではないのではないかという気がしたんです」

おぐんが、お知佳をしげしげと見る。少し背中のお勢を気にした。よく眠っているのを確かめると、あらためてお知佳に目を当ててきた。

「勘がいいわねえ。やっぱり丈右衛門さんが女房にするだけのことはあるわ。お知佳さん、ただ者じゃないかもしれない」

お知佳は苦笑した。

「そんな大袈裟な」

「私が患者としてじゃなかったら、どういう形で知り合ったと思う」

お知佳は眉根を寄せた。

「さあ、そこまではさすがに」

「そりゃそうよねえ」

おぐんが首を縦に動かす。

「わかったら、行列ができるような占い師になれるわ」

「どういうふうに知り合ったんですか」

お知佳はうながした。

「一所懸命きいてくれるなんて、お知佳さん、いい娘《こ》ねえ。——話してあげるわね。もう何十年も前のことよ。まだ十分に若かった私が町を歩いていたの。そのときはまだ産婆じゃなかったわ」

経験を深く積んでいるおぐんといっても、生まれたときから産婆であるはずがなかった。なにかきっかけがあって、産婆になったのは疑いようがない。

「私は用事があって歩いていたの。それがふとある町に入ったら、なぜかそのときだけ人けが消えてね、ちょっと不気味だった。そこにいきなり人の悲鳴がきこえてきたの。私はぎくりとして、立ちどまってしまったわ。今のはどこからきこえたの、目の前の家じゃないって、どきどきしながらその家を見つめていたわ」

お知佳はごくりと息をのみ、それからおぐんの身になにが起きたのだろう、と耳を傾けた。おぐんの背中のお勢も目を覚まし、話をきく風情だ。

「それから悲鳴は二度、三度ときこえたわ。私はさすがに怖くなって、その場を立ち去ろうとしたのだけれど、不意に目の前の家から男の人が飛びだしてきた。その男は私を認めるやいなや、突進してきたの。私は逃げだすこともできず、ただ呆然《ぼうぜん》と突っ立っていた」

そういうものかもしれない。信じられないことがあると、人というのはかたまってしまうのではないか。

そう思ったが、お知佳は言葉をはさむことなく、ただきく姿勢を取っている。お勢はつぶらな瞳で、おぐんをじっと見ていた。

「男は血相を変えていたわ。いきなりなにか叫んで私の腕をつかみ、引っぱっていこうとするの。我に返ったような感じで、私は必死にあらがった。まわりに助けも求めたわ。でも誰も出てきてくれない。男のほうがずっと力が強くて、私は結局、家のなかに引きずりこまれた」

「それからどうなったんですか」

お知佳は知らず言葉を発していた。

「布団の上で、女の人が脂汗を流して苦しんでいたの。刺されでもして、血を流しているんじゃないかと思ったけど、そんな跡はどこにもなかった。私は、女の人のおなかがふくらんでいることに気づいたの」

「ああ、身ごもっていたんですね」

「ええ、そうよ。私を引きずりこんだのは私の亭主になる人だった。その頃からもう医者で、患家に往診に来ていたの。患者は身ごもった女房の母親だった。その母親は重い肝の臓の病で、身動きがほとんどできなかった。女房の亭主はどうしていたかというと、外に働きに出ていたの」

どういうことだったのか、お知佳にもだいぶわかってきた。

「私の亭主が母親を診《み》ているとき、いきなり女房が産気づいたの。私の亭主はお産の経験はなくて、あわててお産婆さんを呼びに行こうとその家を飛びだしたんだけど、そこにちょうど手伝わせるのによさそうな年格好の娘が立っていた。ほとんどなにも考えず、手を引っぱっていたそうよ」

そういうのもきっと縁なんだろうな、とお知佳は思った。

「私はわけもわからないままにお産を手伝った。幸いお産は軽くて、赤子はすぐに生まれたの。私は激しく泣くお猿さんのような赤子と、穏やかにほほえんでいる新しい母親を見つめて、しみじみと幸せを感じたの。そのとき、いきなり雷に打たれたような気持ちになったのよ。それで、進むべき道がはっきりとわかったの。ああいうのが天からの啓示《けいじ》っていうんでしょうね。それから、お産婆さんを目指して努力を重ねて、ようやっと今の自分があるってことね」

「すばらしい話ですね」

「そうかしら」

「そうですよ。そのあとご亭主とはとんとん拍子に一緒になったんですか」

「ええ、そうね。その半月後くらいには一緒に暮らしていたわね」

「半月後」

お知佳は目を丸くした。

「それはまた早いですね」

「ええ、そうかもしれないけれど、それから四十三年、連れ添ったから、我ながらいい夫婦だったと思うわ」

確かにその通りだったのだろうな、とお知佳は思った。自分は丈右衛門とそれだけ長く連れ添えるだろうか。あと四十年連れ添うとしたら、丈右衛門は九十をゆうに超える。さすがにむずかしいかもしれないが、あの人なら若いからいけるかもしれない。

今は、いけると信じて生きてゆくことにしよう。そのほうが楽しいではないか。

「見えてきたわ」

おぐんが指さす。

「大島村よ」

家々がかたまっているが、それを圧倒するように畑が広がっている。水田はないようだ。おぐんによれば、砂地のせいで、米はできないのだという。

畑のなかで百姓衆が這《は》いつくばるように働いている。誰もが秋だというのに、真っ黒に日焼けしていた。年寄りなどは、顔がなめしたようになっている。若い頃から春夏秋冬を問わず、ずっと働き続けているために、そういうふうになるのだろう。

この勤勉ぶりには本当に頭が下がる。百姓衆の働きがなかったら、自分たちは飢えてしまうのだ。

いつからか海風が吹いてきている。潮の香りがきつい。このなかで育つ蔬菜というのは、たくましいのだろう。江戸の名産といわれるほどおいしいのも、至極当然のような気がした。

「あそこの家よ」

またおぐんが指さした。こぢんまりとした家がぽつんと一軒、建っているのが見えた。四角い形をしている。

お知佳は丈右衛門に会いたくて、走りだしたいくらいだった。だが、その気持ちを必死に抑えつけ、年寄りのおぐんに歩調を合わせた。

お知佳とおぐんは家をまわりこみ、戸口の前に立った。

「あら」

おぐんが声をあげた。

「どうかしたのかしら。戸が倒れているわ」

お知佳はすでに足が震えはじめていた。まっすぐ立っていられない。丈右衛門の着替えの入った風呂敷包みと重箱の包みが落ちそうになった。それらを、かたわらの石の上になんとか置いた。

この家でなにかあったのは、もう紛れもない。戸はまちがいなく蹴破《けやぶ》られている。心張り棒が薄暗い土間にむなしく転がっていた。

心の臓がどきどきしている。息がしにくくて、胸が痛い。

「あなたさま」

がらんとして、人けのまったく感じられない家のなかに声をかけた。

返事はない。しんとした沈黙が返ってきただけだ。

「どうしたのかしら」

おぐんの声にはおののきが感じられた。背負われているお勢の瞳も、不安そうに揺れていた。

「お知佳さん、入ってみましょう」

「は、はい」

確かに、いつまでも戸口にいられない。この家でなにがあったか、確かめなければならない。お知佳は深く息を吸い、心を落ち着けようとした。

まさかあの人が死んでいるようなことはあるまい。そんなにたやすく死ぬような人ではない。九十をすぎるまで生きてもらわなければならないのだから、こんなところで死ぬはずがない。

そう、大丈夫よ、とお知佳は自らにいいきかせた。

しっかりしなさい。今は私がしっかりする番よ。

お知佳は土間に足を踏み入れ、まず心張り棒を手にした。武芸の心得などまったくないが、なかで何者が待ち構えているか、知れたものではない。自分がこんなものを持ってもなにもならないかもしれないが、気持ちを鼓舞する意味はある。

お知佳はおぐんとお勢を守るように、ぴったりと体を貼《は》りつけて、じりじりと前に進んでいった。

土間に抜かれた刀が落ちていた。まちがいなく丈右衛門の差料《さしりょう》である。深川富久町の家を出るとき、お知佳が丈右衛門に手渡したものだから、はっきりしている。鞘《さや》も近くに転がっていた。

これは、どういうことなのか。刀を手に丈右衛門が土間にやってきて、抜くことになった。だが間に合わず、やられてしまった。こういうことなのか。

お知佳は土間をじっくりと見た。お願いだから、と祈りながら見つめた。その祈りが通じたか、どこにも血が滴《したた》っているようなことはなかった。

だからといって、丈右衛門の無事の証とはならないが、お知佳はわずかに胸をなでおろした。

「その刀、丈右衛門さんのなの」

青い顔をしたおぐんにきかれた。ええ、とお知佳は答えた。

「抜き身ね」

血は一滴もついていない。刃こぼれもしていない。

これも丈右衛門の無事の証ではない。むしろあっさりとやられてしまったかもしれないおそれが胸を圧する。

お知佳は心中で首を振った。いや、あの人が私たちを残して死ぬようなことは決してない。大丈夫だ。

そんなに広い家ではない。すぐにひとまわりしてしまった。

お知佳たちは、何体かの市松人形が置かれている座敷に来た。どこか不気味なものにしか今は見えない。

「誰もいないわね」

おぐんの目は驚きのあまり、うつろになっている。

「丈右衛門さんと玄馬斎さんは、いったいどこに行ったのかしら」

「かどわかされたのかもしれません」

おぐんがぎくりとして、お知佳を見つめる。

「誰に」

「それはわかりません」

お知佳は、冷静になろうと自らにいいきかせつつ答えた。

「それはそうよね。きっとこういうことになるようななにかを感じていたから、玄馬斎さん、丈右衛門さんを雇ったんだわ」

おぐんがお知佳の手をぎゅっとつかんだ。

「お知佳さん、ごめんね」

「どうして謝るんですか」

お知佳はびっくりしてたずねた。

「だって、私が用心棒仕事を丈右衛門さんに紹介したから、こんなことに」

お知佳は笑みを浮かべた。

「あの人は大丈夫です。必ず無事に戻ってきます」

その言葉に、おぐんがほっとした表情になった。

「そうよね。丈右衛門さん、強いもの。修羅場《しゅらば》だって、数え切れないほど経験しているだろうし」

おぐんが大きく胸を上下させた。

ようでし

「お知佳さん、どうしよう」

「私たちにできることは、ほとんどありません。今は、御番所に届け出ることだけでしょう」

お知佳の心には、自分と同い年の若い同心の顔が浮かんでいる。

いつもにこにこして一見、頼りなさを感じる人もいるかもしれないが、その笑顔の裏に丈右衛門譲りの強靭《きょうじん》な意志がすでに育《はぐく》まれているのを、お知佳は知っている。

あの人にまかせれば、万事うまくいく。

あたたかなものを飲んだときのように、心が落ち着いてきた。

お知佳は、座敷に残された市松人形たちに目を向けた。

お勢を思わせるようなつぶらな瞳で、お知佳たちを見あげていた。

三

南六軒堀町に入った。

立てこんでいる家々の隙間を縫って、夕日がまともに射しこんできた。見あげると、空が真っ赤に染めあげられていた。血のような色をしている。

なにか不吉なものを文之介は覚えた。こんなに赤い夕焼けは、滅多に見られるものではない。いやなことが起きなければよいが、と願う。たいていはいやな予感などというものは、取り越し苦労に終わるものだ。

鰹節《かつおぶし》のにおいが鼻先をとらえた。空腹だけにかなりそそられる。

歩き進めるうちに、鰹節のにおいはさらに強まってきた。

「こちらですかね」

うしろから勇七がいった。文之介は立ちどまり、目の前の店を見つめた。平埜屋《ひらのや》と染め抜かれた暖簾が、ひらひらと風に揺れている。

「まちがいねえ。勇七、入ろう」

へい、と勇七が答える。文之介は暖簾を払い、戸を横に引いた。戸はするすると小気味よく滑ってゆく。

「いらっしゃいませ」

威勢のいい声がかけられた。厨房《ちゅうぼう》にいるあるじらしい男の顔が見えた。おや、という顔をした。

「これは八丁堀の旦那、ようこそいらっしゃいませ」

「座っていいかな」

「もちろんにございます。お好きなところにどうぞ」

戸を静かに閉めた勇七が文之介のうしろに立つ。

店は一番奥に座敷があるようで、襖《ふすま》が閉まっている。ほかには小上《こあ》がりが六つあり、そのうちの二つが客でふさがっていた。

土間はかなり広いが、長床几《ながしょうぎ》は置いていない。履物を脱いで落ち着いた姿勢で蕎麦切りをじっくりと味わえるようにとの心遣いが感じられた。

「座敷でもいいか。人と待ち合わせしているんだが」

「お待ち合わせでございますか。もちろんにございます。どうぞ」

あるじらしい男の案内で、文之介たちは座敷にあがった。

そこは六畳間である。掃除が行き届いており、新しい畳のにおいがしてきそうな気持ちのよい部屋になっていた。

南側の窓があけられ、外をゆったりと吹く風がそよりと入ってくる。潮があげているのか、わずかに海の香りがまじっていた。

すぐ近くを流れている六間堀は見えないが、舟が忙しく行きかっているようで、櫓《ろ》の音が重なってきこえてくる。

「なにをお召しあがりになりますか」

店主にきかれた。壁に品書きが貼られている。もり蕎麦にかけ蕎麦、鴨南蛮《かもなんばん》、蕎麦がき、蔬菜の天ぷらなどだ。あとは酒も何種類か置いてあるようだ。酒と蕎麦切りの相性はなにしろ最高である。

酒を喫しようなどという気はこれっぽっちもなかったが、鴨南蛮は文之介の大の好物で、かなり心惹かれた。

しかし、ここは小腹を満たす程度にしておくのがよさそうだ。

今日も、夕餉をつくってお春が待っているだろう。ここでたくさん腹に入れて、夕餉にあまり食べられなくなるのは、お春がかわいそうだ。

独り身の頃は、こんなことを考えることはなかった。

俺も少しは変わったのかな、と文之介が思うのはこのようなときである。

「隆作が来る前に勝手に食べちまっちゃあ、まずいか」

文之介は勇七にきいた。あるじがにっと笑顔になる。

「隆作さんとお待ち合わせでしたか。別にかまわないんじゃないんですか。気取りのまったくない人ですから、先に食されても気にしないと思いますよ。むしろ、待たせているあいだ、なにも召しあがらずにいらしたことを気にかけるような人ですから」

まだ付き合いは浅いが、確かに隆作はそういうところがあるようだ。

「ちと小腹も空いたし、勇七、言葉に甘えさせてもらうか」

「そうですね。頼みましょう」

文之介は盛り蕎麦を注文し、勇七はかけ蕎麦にした。

「では、すぐにお持ちします」

あるじが厨房に戻っていった。

「なかなかいい店だな」

文之介は、鰹節のにおいが充満している店内を見まわしていった。

「本当ですね。しかし、けっこう広い店なのに、あるじ一人で切り盛りしているんですかね」

「小女《こおんな》くらい置いているんだろうが。休憩中か、外に使いにでも出ているんだろう」

まだ夕餉には少し早い刻限で、あと少ししたら、ぐっとこんでくるのだろう。また新たにだしを取りはじめたのか、さらに鰹節が濃くにおってきた。

この店が鰹節を惜しむことなくたっぷりと使っているのはまちがいなく、だしを手間《てま》暇《ひま》かけて取っているところに、はずれはほとんどない。

お待たせしました、と二つの蕎麦切りがもたらされた。持ってきたのは小女である。やはり忙しくなる時間に備えて、休憩していたようだ。

文之介たちはさっそく箸を手にした。音を立てて食べはじめる。

「うめえな」

文之介は勇七に語りかけた。自然に笑みが浮かんでくる。

「ええ、蕎麦切りは腰があって甘みが強いですね。つゆも鰹節がきいていて、箸がとまらないですよ」

「まったくだ。新蕎麦だろうが、いい香りがするぜ」

蕎麦切りを食べると、どうしてこんなに幸せになれるのだろう。まったく不思議な食べ物だ。

二人が食べ終えるのに合わせたように、隆作が姿を見せた。

「お待たせしました」

少し息を弾ませている。よほど急いできたようだ。

「まあ、あがりなよ」

「失礼します」

勇七が文之介の横に来た。勇七が座っていたところに隆作が腰をおろす。

「この店の場所、すぐにおわかりになりましたか」

「深川は勇七の庭みてえなものだからな」

「ご自分の庭、とおっしゃらないところが奥ゆかしいですね」

隆作が畳にそっと目をやる。そこには、文之介たちが食べ終えた蕎麦切りの膳が置かれている。

「おいしかったでしょう」

「うん、すばらしかった。あのあるじ、ただ者じゃねえな」

それをきいて、隆作がくすりと笑いを漏らす。

「なんだ、なにがおかしいんだ」

文之介は興味を惹かれてたずねた。

「お父上と同じことをおっしゃるなあと思いまして」

「父上も、ここの蕎麦切りが好物だったんだな」

「はい、大の好物でいらっしゃいましたよ」

「おめえさんもか」

「はい、それはもう」

「なにか頼んだらどうだ」

「でしたら、鴨南蛮をいただきましょうか」

小女がありがとうございます、といって厨房に注文を通しに向かう。

「隆作さん、もしかしたら独り者かい」

隆作がにこりとする。

「いえ、女房が一人いますよ」

「女房が夕餉をつくって待っているんじゃねえのか」

「御牧の旦那のご内儀は、お待ちになっていなさるんですね。うちのは、あまり包丁が得意じゃないんで、ほとんどつくるってことがないんですよ。夕餉の支度は面倒くさいんで、できれば外で食べてきてほしいっていつもいっているんです」

「ああ、そうなのか」

「女房は髪結《かみゆ》いなんですよ。そっちの腕はよくて、稼ぎは手前なんかよりずっと上ですね。女房がいるから手前は、好き勝手にこういう仕事をしていられるんです。女房には、とても感謝していますよ」

「子は」

隆作が畳に目を落としてかぶりを振る。まずいことをきいちまったか、と文之介は問いを発したことを後悔した。こういうところが人としてまだまだ甘い。

「いえ、いません。三人ばかり生まれたんですけど、天折《ようせつ》してしまったということだろう。……」

「すまねえ」

「いえ、謝られることはありませんよ」

隆作がにこりとする。

「あの子たちの運命だったのでしょうから、仕方ありません。赤子の命は人がどうこうできるものではありませんから」

その通りだ。子は七つまでは神さまからの預かり者とされており、そのあいだはいつ命を召しあげられても仕方のないものだと人々は考えている。

お春が身ごもった子。無事に育ってほしいが、こればかりは自分の力ではどうにもならない。その子の持つ運がとにかく大きいのではあるまいか。それゆえ、運がよくなるように親たちはこぞって子供のために神社などへの参詣《さんけい》を繰り返すのである。

「鴨南がくるまでにざっとお話ししておきますよ」

隆作が声を低める。

「例のお方の母親は、綾乃《あやの》さまとおっしゃいます」

「どこの出だい」

「但馬屋《たじまや》という商家です。呉服を扱っている大店《おおだな》です」

「但馬屋なら、すぐそこにあったじゃねえか。元町《もとちょう》だよな」

近所だから、隆作はこの平埜屋を選んだのだろう。

「はい、おっしゃる通りで」

「しかし、火事になって、もうだいぶたつな。あれは十五年ばかり前になるか。俺たちがまだちっちぇえ頃だ」

勇七がうなずく。隆作も大きく顎を動かした。

「ええ、手前も覚えていますよ。裏手の家人の住居側から火が出て、家人はほとんど全滅してしまいましたね。奉公人は一人も死なずにすんだのですが」

「家人で生き残ったのは、確かあるじだけだったな」

「はい。そのあるじも、焼け跡で首をくってしまいました」

そうだったな、と文之介は思いだした。丈右衛門が母親に話しているのをきいて、幼心に、とてもつらい出来事だったのが深く心に刻まれている。

文之介は顔をあげ、話をもとに戻した。

「但馬屋の娘が大奥奉公に出て、公方さまのお手がついたってわけだな」

「はい、よくきく話ですが、なかなかそんな幸運をつかむ娘はおりません」

「そりゃそうだろうな。なにしろ大奥には、三千人からの女性がいるっていうんだから。公方さまのお手がつくっていうのは、富くじに当たるよりずっとむずかしいんじゃねえのか」

「そうかもしれませんね」

勇七が同意する。

「公方さまのお手つきになったのを知った但馬屋の者は万々歳だったとのことです」

「店としては公儀や大奥と深いつながりができたことで、呉服の注文がいくらでも入ってくるのがわかるものな。そりゃ、うれしかっただろう」

「まさに盆と正月が一緒にきたような感じだったようです」

文之介は、小女が持ってきてくれた茶を喫した。

「綾乃さまが大奥入りしたのは、いつのことだい」

新たな問いを隆作に発した。

「三十年近く前のことです。その二年後に公方さまのお子を出産なされました」

「それが例のお方だな」

「はい、さようで」

隆作が答えたとき、お待たせいたしましたと鴨南蛮がもたらされた。

「うまそうだな」

「ここのはいけますよ」

「肉がやわらかそうだ」

「ええ、歯応《はごた》えもあるんですが、どこか甘い肉ですね」

文之介は唾《つば》が出そうだ。

「早く食っちまってくれ。話の続きはそれからにしよう」

「では、失礼します」

隆作がずるずるやりはじめた。箸を器用に使って、蕎麦切りを手繰《たぐ》ってゆく。鴨肉を口に入れて咀嚼する。律動が感じられ、見ていて心地よい。

隆作が食べ終えた。

「ご馳走さまでした」

顔をあげて文之介たちを見る。

「お待たせしました」

「おめえさん、うまそうに食うなあ」

隆作がにこやかに笑う。

「それはよくいわれますよ」

すぐに表情を引き締めた。また声を落として話しはじめる。

「先ほどの続きです」

文之介たちは耳を傾けた。

「綾乃さまですが、例のお方だけでなく、もう一人、出産されたのではないかといわれています」

「もう一人というと」

「それが、残念ながら死産だったそうです」

「死産か。いつのことだ」

隆作がむずかしい顔で首をひねる。

「例のお方が生まれてからそんなにたっていないようです」

「それは年子ということか」

「はい、はっきりとはわかりませんが、そういうことだと思います」

隆作にしては、なんとなく歯切れが悪い口調である。

「なにか引っかかるのか」

隆作が眉根を寄せ、首をかしげる。

「なにが引っかかっているのか、自分でもよくわからないんですが、なにか釈然としないって感じですね」

隆作が唇をなめた。

「綾乃さまは今どうしている。大奥にいるのか」

いいえ、と隆作がいう。

「もうだいぶ前に亡くなりました」

「そうか、知らなかったな。いつのことだ」

「もう五年ばかりたつのではないかと思います」

「そんなにびっくりするほど前じゃねえな。だが、まだそんなお歳でもなかっただろう。どうして亡くなったんだ」

「病です」

「なんの病だい」

「卒中といわれています」

「そうか。どこで亡くなったんだ。大奥でかい」

「どうやら出先のようですが、はっきりとしません」

「亡くなった場所がわからねえか。そいつはまた不思議だな」

「はい、その通りで。突っこみが足りなかったかもしれません」

「いや、おめえさんを責めているわけじゃねえんだ。そう感じたんだったら、俺の不徳のいたすところだ。すまねえ」

「いえ、とんでもない。お顔をあげてください」

文之介は素直にしたがった。

「俺は、隆作の腕に心から感心しているんだ。この短えあいだに、よくぞ調べてくれたってな。さすがとしかいいようがねえ」

「畏《おそ》れ入ります」

隆作が会釈する。小さな笑みを見せた。すぐに表情が引き締まった。

「例のお方のことを調べていて、ちょっと妙なことがあったんです」

さすがに文之介は興味を惹かれた。勇七も同様のようだ。

「妙なことというと、なにかな」

「その前に、例のお方の正室は松平家の息女ですが、ほかに側室がいたことをご存じですか」

「いや、知らねえ」

勇七も首を横に振った。文之介はすぐさま口をひらいた。

「八千五百石の大身だ、側室の一人や二人、いてもなんら不思議はねえやな。なんといっても公方さまの子息だ、婿だからって正室に遠慮はいるまい」

「ええ、まったくその通りでしょう」

隆作が小気味よくうなずく。

「その側室は但馬屋の綾乃さまと同じように、大店から松平家へ奉公にあがった娘だったんです」

「女中に例のお方の手がついたってことか」

「はい、さようで」

隆作がすぐに続ける。

「例のお方はその側室をひじょうに気に入りまして、寵愛《ちょうあい》していました。少し大袈裟にいえば、片時も手放さないという感じだったようなんです」

なるほど、と文之介はいった。勇七は黙って耳を傾けている。

「実家の者たちも綾乃さまの商家と同様、大喜びでした。なんといっても、公方さまのご子息のお手がついたのですから」

「やっぱりある程度の見返りが期待できるものな」

はい、と隆作が答えた。

「ところが幸せはそんなに長く続かなかったんです」

「どうしてだ」

「ある日、その側室がいきなり屋敷から姿を消したからです」

「ほう、どこに行ったんだ」

「それがわからなかったそうです」

「まさかかどわかしじゃねえのか」

「それがはっきりしませんが、手前の感触では、ちがうようです」

「自らの意志で姿を消したってことか」

「あるいは、例のお方の意志が働いたか」

「つまり、いいくるめられたってことかい」

「そうかもしれません」

「側室はその後、どうなったんだ。まさかそれきり行方知れずじゃあるまい」

「ええ、次にその側室があらわれたのは、実家でした」

「どこに行っていたのか、側室は家人に話したんじゃねえのか」

隆作が、きゅっと口を引き結んでかぶりを振る。

「それが話しませんでした。というより、話せる状態になかったんです」

どういうことだ、と文之介は勇七と顔を見合わせた。

「なにしろ遺骸で戻ってきたのですから」

「死んでいたってことか。また死人かい」

「はい」

「死の理由は」

「斬り殺されたようです」

文之介は眉をひそめた。

「例のお方のまわりでは、よく人死にが出るな。しかも酷《むご》い死に方が多い」

まったくです、と隆作がいった。

「遺骸が戻ってきたといったが、それは松平屋敷からか」

「だと思います」

「どうして斬り殺されたか、説明はなかったのか」

「はい、そのようです」

「ひでえな」

「はい。手厚い見舞金がその商家には支払われたようです」

「商家の者は抗議しなかったのか。いや、できるわけもねえな。相手が悪すぎる」

「はい、ただ黙っているしか手立てはなかったようです」

隆作が調べたのは、そこまでだった。

文之介たちは平埜屋を出た。勘定はもちろん文之介が持った。

まだ暮れきっておらず、西の空には残照が望めたが、地上はすっかり暗くなっており、庇《ひさし》の下や路地の奥などはすでに闇がうずくまっている。

行きかう者たちは、提灯を手にしている。それらがわずかに揺れながら動いてゆくさまは、どこか幻想を見ているかのように美しかった。

勇七が懐から小田原提灯を取りだした。かちかちという音のあと、ほんのりとした灯《あか》りがあたりを遠慮がちに照らしだした。隆作も提灯に灯《ひ》を入れた。

「助かったぜ、隆作」

「いえ、なんということもありません」

隆作が辞儀する。

「御牧の旦那のお役に立って、なによりですよ」

「そういってもらえるとうれしいな」

文之介は紙ひねりを取りだした、隆作の袂に突っこむ。

「たいして入ってねえけど、礼だ。受け取ってくれ」

「ありがとうございます。助かります」

「じゃあ、これでな。またよろしく頼むぜ」

「こちらこそよろしくお願いいたします」

右手をあげて文之介はくるりときびすを返した。ていねいに腰を折った勇七がすぐさまあとに続く。

「隆作さん、しかしたいしたものですねえ」

勇七が心底感服したという口調でいう。

「ああ、まさに凄腕だ。世の中にはいろいろ能のある者がいるが、調べについては隆作がぴかいちだな」

ぴかいちとは花札《はなふだ》に用いられる言葉で、七枚配られる最初の札のうち、六枚がかす、一枚だけが二十点札のことを指す。二十点札には松に鶴、桐に鳳凰、桜に幕、すすきに月、柳に小野道風《おののとうふう》の五枚がある。

「しかし、いろいろと不思議な話をきかされましたね」

「例のお方は謎《なぞ》だらけだな。側室が斬り殺されたっていうのも不思議だ。寵愛していたというのに、いってえどうして斬り殺す羽目になったのか」

「まったくです」

「あと、綾乃さまという母親の死にも謎があったな。なぜどこで亡くなったか、わからねえ。そんなことあるのか。一人は死産だったとはいえ、公方さまのお子を二人も生んだお方だぞ。おかしいじゃねえか」

「ふつうはわかりますよね。但馬屋さんにも秘密にされたっていうのは、まったくもって妙ですね」

「ああ、妙だ。おかしすぎる」

文之介たちは南町奉行所に戻ってきた。

大門をくぐる前に、路上に立ちすくんでいるような二人の影があるのに気づいた。いや、正確にいえば、三人だ。背中におぶわれている子がいる。

文之介は闇を見透かした。右側にいる女がお知佳に見えた。

「あれ、お知佳さんじゃねえのか」

文之介は勇七にいった。

「文之介さん」

その言葉がきこえたようで、影が小走りに駆け寄ってきた。勇七がすっと提灯をあげる。お知佳の顔が闇に浮かんだ。血相が変わっている。

「どうしたのですか。なにかあったんですか」

「あの人が」

お知佳の声が震えた。一緒にいるのはおぐんだった。お勢をおぶっている。

「どうもかどわかされたみたいなんです」

「なんだって」

文之介は自分の血相が変わったのを知った。勇七は目を大きく見ひらいている。

「どういうことです」

お知佳が説明する。

「父上が人形師の用心棒ですか」

その人形師はどういうことかまだわからないが、身の危険を感じていた。だから用心棒を頼んだ。

そこを何者かに襲われた。

抜き身が落ちていたということは、丈右衛門は応戦しようとした。だが、力及ばなかったということだろう。

父は剣の達人といえるほどの腕前だが、それでも半九郎ほどではない。

父はしくじったのだ。

文之介は愕然《がくぜん》とした。

父の老いを感じた。悲しかった。

だが、今はそんなことを考えているときではない。

文之介と勇七は道をきいて、玄馬斎という人形師の家に向かうことに決めた。これから行ってなにがつかめるかわからないが、足を運ばないわけにはいかない。

お知佳とおぐんに、これから大島村まで一緒に行かせるわけにはいかない。お知佳は身重だし、おぐんは年寄りである。無理はさせられない。

それに、一緒に行ったところで二人にはなにもできない。

文之介はお知佳に、父上の無事をひたすら祈っていてほしい、と告げた。

「心の声は必ず届きます。それが父上を最も力づけるはずですから。なにもせずにいるのは心配でしょうけど、ここはそれがしどもにおまかせください」

「わかりました」

お知佳が力強く答えた。泣きそうな顔をしているが、必死に涙をこらえている。心配でいても立ってもいられないはずで、今にもふらりとよろけそうな様子だが、懸命に大地を踏み締めている。

「精一杯、祈ります。文之介さん、よろしくお願いします」

承知しました、と文之介はいった。

「おぐんさんも、二人の無事を願っていてください」

おぐんが大きくうなずく。

「わかったわ。私は、特に玄馬斎さんの無事も願うことにするわ。そうしないと、不公平だから」

もしかすると帰れなくなるかもしれず、文之介はお知佳にお春への言づてを頼んだ。

「遅くなっても帰らないようだったら、戸締まりをちゃんとして寝るようにいってもらえますか」

「わかりました。必ず伝えます」

「ついでといってはは申しわけないですが、勇七の弥生《やよい》ちゃんのところにも寄ってもらえますか」

「いえ、あっしはいいです」

「どうしてだ」

「こういうことはあるからって、よくよくいいきかせてありますから」

「俺だっていってあるさ。だが、やっぱりこういうのは伝えてもらったほうがいい。待つ身はただ心配するだけだからな」

それで勇七も納得したようだ。

「ああ、さいですね。一晩まんじりともせず、なんていうのは、つらいですからね」

「そういうこった」

勇七は、町奉行所内の中間長屋に住む父に使いを頼むといった。

「今から行ってきます。すぐに戻ってきますから」

「ああ、行ってこい。ちゃんと話すんだぞ」

「わかってますよ」

土を蹴って勇七が大門をくぐっていった。姿があっという間に闇にのみこまれる。

少し時間がかかることを文之介は覚悟していたが、勇七はあっさりと戻ってきた。よほど急いだようで、この頑健な男にしては珍しく、肩を上下させている。

「ずいぶんと早えな。勇七、ちゃんと伝えたのか」

文之介は確かめずにいられなかった。

「もちろんですよ」

勇七がきっぱりと答えた。

「親父《おやじ》は、これから弥生のところに行くといっていました」

「ふむ、それならいいんだが」

「旦那、行きましょう」

勇七が腹に気合をこめた声でいう。

「おうよ」

文之介も臍下《せいか》丹田《たんでん》に力を入れた。すっと心が落ち着く。

確かに丈右衛門は老いた。それはもう疑いようがない。

おそらく十年前なら、丈右衛門はおめおめとかどわかされるようなことにはならなかったはずだ。

だからといって、丈右衛門が恥じることはない。誰も老いに逆らうことはできないのだから。

親が老いるのは当たり前だ。

「では頼みます」

お知佳とおぐんにいってから、文之介は勇七とともに駆けだした。

といっても、やはり丈右衛門のことが心配でならない。不安で涙がこぼれそうだ。まるで祭りの日に迷子になったときのような心許なさがある。

もしうしろに勇七がいなかったら、まちがいなく泣いていたのではあるまいか。

しかし、ここで涙を見せるわけにはいかない。

泣くのは、丈右衛門たちを無事に助けだしたときだ。うれし泣きをするのだ。

父上、と走りながら文之介は心中で呼びかけた。

それがしには、じきに子が生まれるんですよ。父上の孫です。

見せてやりたい、と強烈に願った。抱かせてあげたい。

必ずそうしてみせると、文之介は心にかたく誓った。

うしろから規則正しくきこえてくる力強い足音が、文之介をより元気づけている。

俺たちはいつでも一緒だ。

第四章　安産難産

一

手がかりらしきものは、なに一つとして残っていなかった。

残っているのは、数体の市松人形だけだった。灯火の頼りない明るさのなかで見ても、玄馬斎がすごい腕であるのは、はっきりと伝わってきた。

これだけの人形をつくれる者は江戸広しといえども、そうはいない。五指にもあまろう。三人いるかいないか程度ではないか。

昨晩、町奉行所や八丁堀の屋敷に戻る気はせず、文之介と勇七は、そのまま玄馬斎の家で一晩をすごした。

長い夜だった。まんじりともせず、というほどではなかったが、やはりほとんど眠れなかった。

やはり帰ったほうがよかったか、そのほうが疲れが取れたのではないか、と文之介は後悔したが、父のことが心配で、どちらにしても眠れなかったのは明白だった。

それならば、着替えもできず、風呂にも入れず、食事もできないが、この家ですごしたほうがときを無駄にせずにすむ分、よかったと思うことにした。やはり大島村は八丁堀からは遠い。

どうせ眠れなかったから、膝を抱えて勇七といろいろ話をした。幼かった頃、喧嘩をしたときのことが楽しかった。

ある年の真夏のこと、あまりに勇七が汗をかいて暑そうにしていたので、文之介は一計を案じ、うしろから水を一杯に張った桶《おけ》で勇七を水浸しにしたことがある。

そのとき勇七は夏風邪を引いており、汗は熱があるために出ていたのだった。無理をして勇七は文之介と遊んでいたのである。

勇七は激怒した。拳をかざして文之介を追いまわした。

文之介は逃げ足だけは速かったから、つかまらなかった。勇七もその頃から粘り強く、決してあきらめなかった。

結局、一刻《いっとき》以上、鬼ごっこをして、文之介はつかまった。殴られそうになったが、その頃には衣服も乾き、どうして追いかけまわしていたのか、勇七も忘れていた。風邪も治っていた。

あの頃は風邪の治りが実に早かったですよ。俺もだ。今とは全然ちがうんだよなあ。そんな話をして、ときをやりすごした。

東の空が白み、鳥の声がきこえてきたときは、さすがにほっとした。お知佳にもいったことだが、なにもせずにじっとしているのはつらかった。動きまわっているほうが、気が紛れてずっとよい。

文之介は立ちあがり、外に出た。勇七もついてくる。

だいぶ明るくなってきた。太陽はまだ見えないが、草の葉についている水玉が二滴ばかりしたたる頃には顔をのぞかせるだろう。まだ姿は見えないが、もう近所の百姓衆は働きはじめているにちがいない。

朝餉は抜きだが、別に腹は空いていない。庭に井戸を見つけ、二人は顔を洗った。袂に落としこんである手ぬぐいで、顔をぬぐう。少しは気持ちがよくなった。

「勇七、いいか」

「ええ、いいですよ」

「よし、どうして玄馬斎という人形師がかどわかされたか、調べるぞ。それが父上たちを見つける一番の早道だろう」

わかりました、と勇七がいう。

「どこから調べますか」

「とりあえず近所の者に話をきくのが一番いいような気がする」

二人は歩きだした。太陽があがってきた。さあ、とあたりが光に包まれる。それまでわずかに漂っていた夜の名残は完全に取り払われ、文之介は別の世界に足を踏み入れたような気がした。

まわりがはっきりと見渡せる。畑ばかりである。

やはり百姓衆が這いつくばるように働いていた。

文之介は勇七とともに、玄馬斎の家の一番近くに住んでいると思える百姓の夫婦に近づいていった。畑に出ているのは夫婦だけでなく、じいさんとばあさんも一緒だった。どうやら、一家全員でにんじんの収穫をしているようだ。

文之介は話をきいた。この一家は玄馬斎と丈右衛門がかどわかされたことを知らない様子だった。のんびりとしている。

玄馬斎と付き合いがないわけではないが、やはり人形師とは暮らしの調子というか歩調が異なり、十日くらい顔を見ないのは珍しくないそうだ。ときおり蔬菜の差し入れなどはしているとのことだ。

最後に会ったのは、三日前だそうである。丈右衛門が用心棒として雇われる前日のことになるのか。

そのとき百姓の亭主が少し立ち話をしたそうだ。玄馬斎は自慢げに、まったく忙しくてたまらないといっていたという。なにしろ大旗本の注文まで断っているのだからね、と放言したのだそうだ。

「玄馬斎さんは、三年先まで予定が詰まっていて、いくら大身の旗本でも、わしゃあ、いうことなんかきかねえんだ、断ったくらいで命を狙うんだったら、狙いやがれ、っていっていました」

だが、やはり怖かったのだろう。その直後、玄馬斎は丈右衛門に用心棒を頼んでいるのだから。

「あの、玄馬斎さんの身になにかあったんですか」

百姓の亭主がうかがうようにいった。

「ちょっとな。行方が知れねえんだ」

百姓の一家の顔色がいっせいに変わった。

「ええっ。なにがあったんですか」

亭主が目をみはって問うてきた。

「そいつはまだわからねえ」

文之介は亭主に告げた。

「大身の旗本というのは」

あらためて亭主にきいた。ああ、はい、と亭主がいう。

「玄馬斎さん、それは口にしませんでした。ただ、いくら公方さまのご子息だからって、無理押しはさせねえともいっていましたね」

文之介は目を鋭くした。亭主がひっと喉を鳴らす。

「すまねえ」

文之介は微笑してみせたが、心は険しいままだった。

これは松平駿河守のことだろうか。まちがいないのではないか。

勇七も同じことを思っているのは、顔を見ずとも雰囲気から知れた。

「ここ何日か顔を見ないのは、そのためだったのか」

合点したように亭主がつぶやく。

「玄馬斎さん、なんだかんだいっても、天才ですからね。人形を見せてもらうと、やはりほれぼれします。けど、あまり人付き合いは得手ではなくて、いろいろつまらないことでぶつかったりもしているみたいですよ。うらみを買ったかもしれませんねえ。穏やかに波風を立てずに暮らすほうが楽なのに、天才っていう人たちはそういうふうにどうしてもできないんですよねえ」

百姓の亭主が文之介に懇願する。

「玄馬斎さんのこと、よろしくお願いします。あっしがお願いする筋じゃないかもしれませんけど、あれだけの人形をつくれる人を失うのは、江戸にとって大損ですから。それに、玄馬斎さんには、またあっしたちのつくった蔬菜を食べてもらいたいですし。とてもおいしそうに食べてくれるんですよ。あれを見ると、あっしはなんかいつもうれしくなっちまって」

亭主が涙ぐむ。見ると、女房も泣いていた。じいさん、ばあさんも目を潤ませていた。

必ず無事に連れ戻すから、と百姓の一家に告げて、文之介たちはさらにききこみを続行した。

しかし、行方につながる手がかりとなるようなものは得られなかった。

大島村でのききこみは切りあげ、文之介たちは深川元加賀町に向かった。丈右衛門と玄馬斎の二人は、松平駿河守の屋敷に監禁されていると判断した。

「あれがそうかな」

文之介は手をあげ、勇七に指し示した。指の先には、二人の男がいる。松平駿河守の屋敷から少し外れた路上に長床几を置き、その上に座りこんで将棋を指していた。あそこはちっぽけな寺の前だ。門前というわけにはいかないから、少しずらして白塀の前に長床几は置かれている。

ときおり二人して目をあげて、松平屋敷をちらちらと見やるのがいかにも見張りの者らしい。

勇七が軽く顎を引く。

「多分、そうじゃないですかね。あんなところで将棋を指しているのは、かなり妙ですから」

「勇七、一人をこっちに連れてきてくれ」

黒羽織姿の自分が行くのは、目立ちすぎるという判断である。

「あの路地にいるから」

文之介は勇七にいってから、左側に見えている路地に向かって歩きだした。

勇七が早足で、将棋をしている二人に歩み寄ってゆく。

一人が長床几から立ちあがり、勇七と一緒にやってきた。

こっちです、といって勇七が男の背中を軽く押し、路地に入れた。文之介はすぐさま男に身分をただした。

「隆作の手の者だな」

「はい、さようです」

「ずっと松平屋敷を張っているのか」

「はい。あっしはおとといの夜からです」

「寝ずに張っているのか」

「いえ、交代交代です。昨日の夜は家で寝ていました」

そうか、と文之介はいった。

「おとといの夜、張っていたとき、屋敷に妙な動きがなかったか」

「おとといの夜ですか」

男が考えこむ。

「いえ、なにもなかったように思います。静かなものでした」

「まちがいねえか」

「はい、まちがいありません。あまりに静かすぎて、眠気を抑えるのに苦労しましたから。実際、一度も寝ていませんよ。あっしは必死に目をあけていました」

どうやら嘘はいっていないようだ。隆作の手下だけに、よく鍛えられているのは紛れもない。

「この屋敷に裏口はあるのか」

「いえ、ありません。他の武家屋敷と背中合わせになっていますし、材木置き場とも接していますから」

材木置き場側から、かどわかした二人を屋敷内に入れたというのも考えられないではないが、そこまでする必要はないのではないか。おとといの晩、この隆作の手下はどこかに身をひそめて松平屋敷を見張っていたのだろう。長屋門側に誰もいないのに、わざわざ裏手をつかう必要はない。

となると、丈右衛門と玄馬斎の二人をかどわかしたのは、松平駿河守ではないのか。

それは考えにくい。松平駿河守が関《かか》わっていないわけがない。

じかに会いたい。話をしたい。

だが、ここで訪ねたところで門前払いをされるだけだろう。

いや、本当にそうなのか。

文之介は腹を決めた。

「よし」

行くぞ、と目の前の長屋門を見据えた。

路地を出て、ずんずんと歩きだす。

「旦那、どうするつもりですかい」

「会ってみる」

「大丈夫ですか」

「いくらなんでも、斬り殺されるようなことはなかろう」

「わからないですよ」

「表から堂々と入る者を、殺せるわけがねえさ」

それでも勇七は危ぶむ顔だ。

「しかし旦那、松平駿河守のことは触れるな、と桑木さまにいわれているんじゃありませんか。そんなことして、桑木さまに迷惑がかかるんじゃありませんか」

「迷惑をかけてもいいさ。ここは甘えさせてもらう。俺には父上のほうがずっと大事だからな」

勇七がはっとする。

「さいでしたね」

「勇七、おめえも一緒に来るか。そのほうが俺も心強いしな」

「わかりました。行きましょう」

勇七が迷うことなく即答する。

文之介と勇七は長屋門の前に立った。

「頼もう」

勇七が大声を発する。文之介は耳が痛くなったが、我慢した。こんなのはどうってことない。

門の上についている小窓があいた。黒々とした目がのぞく。

「なに用ですか」

ていねいな口調だ。もっと傲岸《ごうがん》な口のきき方をすると思っていたから、これは少し意外だった。

「松平駿河守さまにお会いしたい」

文之介ははっきりと告げた。

「どちらさまですか」

文之介は黒羽織がよく見えるようにした。

「南町奉行所定廻り同心、御牧文之介と申します」

「御牧さまですか。して、お約束は」

「していませぬ」

「さようか」

それではお引き取りください、といわれるかと思ったが、門番は別の言葉を口にした。

「しばらくお待ちください」

小窓が閉じられ、足音が遠ざかっていった。

「こいつは脈があるかな」

文之介は勇七にいった。

「どうですかね」

勇七は小窓をにらみつけている。

「勇七、少し力を抜けよ。そんなに気張ってもいいこと、ねえぞ」

「さいですね」

勇七が息を吐き、両肩をすとんと落とした。

「楽になりました」

「そうだろう」

文之介は耳を澄ませた。

足音が戻ってきた。

足音が途絶えた次の瞬間、小窓があいた。

「お会いになるそうです」

文之介は耳を疑った。勇七も同じ思いを抱いているようだ。

「今あけます。お待ちください」

小窓が閉じられた。閂《かんぬき》が抜かれる音がし、くぐり戸がきしみつつひらいた。門番らしい男が立っていた。

「どうぞ、お入りになってくだされ」

文之介は勇七にうなずきかけ、くぐり戸に身を入れた。勇七が続く。背後でくぐり戸が閉められた。

心の臓がきゅんとなった。ここに父上はいるのか。

なかに入ると、白い敷石が母屋に向かって続いていた。左手に広大な庭が広がっている。一人の家臣が、門番から文之介たちを引き継いだ。案内の者だろう。

文之介が、駕籠に乗っていたこの屋敷のあるじをにらみつけたときに、この家臣は供についていただろうか。

文之介にはまったく覚えがない。家臣も素知らぬ顔をしていた。

「あちらにまいります」

案内の家臣が指し示したのは、小高い築山の上に建つ茶室だった。門から、ほんの半町もないところに建っている。屋敷全体を見晴らせる位置にあり、茅葺《かやぶ》きの屋根は天を突く大木が茂らせる枝にほとんど触れそうになっている。

文之介たちは、家臣の先導でゆるやかな坂道をのぼっていった。

茶室にはすぐに着いた。松風《まつかぜ》とも呼ばれる湯の沸く音がしている。躙《にじ》り口《ぐち》があいていた。どうぞ、という穏やかな声がきこえた。

文之介はその言葉にしたがわず、屋敷内を見渡した。

さすがに広い。どこに丈右衛門たちがいるのか、見当がつかない。

「どうされました」

家臣にきかれた。

「いえ、あまりにいい景色なので見とれました」

「お腰の物を」

「これは失礼」

文之介は長脇差《ながわきざし》を腰から抜き取り、家臣に手渡した。

「お預かりいたします」

家臣がその場に膝をついた。

文之介は長身を折り曲げ、躙り口から茶室のなかに入った。勇七が続く。

茶室のなかは三畳しかない。茶のにおいが充満していた。

男が一人、端座している。

紛れもなく、この前、駕籠に乗っていた男だ。見まちがえるはずもない。この屋敷のあるじ、松平駿河守信法である。

文之介は、茶のにおい以外になにかいいにおいがしていることに気づいた。

「顔を合わせるのは、これが二度目だな」

静かな声で松平駿河守がいった。

「覚えていてくださいましたか」

松平駿河守がにこりとする。

「忘れるはずがない。にらみつけられたゆえ」

松平駿河守が向き直る。

「一服、差しあげよう」

鮮やかな手つきで茶をたててみせる。

差しだされた茶碗を文之介は見つめた。毒が入っているわけもない。

文之介は腹を決めて、腕を伸ばした。

茶碗を右手で取り、底を左手で支え、それから一気に飲み干す。一礼した。茶碗を少しまわし、茶の色や泡立ち具合などを見る。茶碗に口をつけて少し味わい、それから一気に飲み干す。茶碗をまたまわし、静かに畳に置いた。

久しぶりの茶の作法である。うまくやれたか自信はなかったが、文之介は平然としていた。

勇七も文之介の真似をして、うまく飲み終えた。

「いかがかな」

「それがしには、ちと苦すぎました」

「さようか。次はもう少し甘い茶を供することにいたそう」

松平駿河守が柄杓《ひしゃく》を逆さまにして釜に立てかける。炭をうずめた。やがて湯の音がきこえなくなった。

おや。文之介はかすかに鼻をうごめかした。茶のにおいをすり抜けるように、いいにおいがまたもしてきた。これはいったいなんなのか。どこか気持ちを落ち着かせる、ともよいにおいだ。

そういえば、と思いだした。押し込みにやられた砂栖賀屋に入ったとき、勇七がおしろいのようなにおいを嗅いでいる。それではないのか。

しかし、押し込みとこのにおいとは、あまりにかけ離れているような気がする。

文之介はちらりと勇七を見た。

勇七がそれとわかる程度に首を動かす。目に怒りをたたえている。砂栖賀屋の押し込みもこの男の仕業だと、勇七は確信しているようだ。

松平駿河守が背筋を伸ばす。目が文之介を見た。もっと鋭い目をしているのかと思ったが、こうして明るいところで見ると、鳶色の澄んだ瞳をしている。いかにも聡明そうだ。とても家臣を手討ちにするような男には見えない。

ただ、どこか悲しみや憂いが垣間《かいま》見えている。これはなんなのか。

「それで、今日はなに用か」

「父上を返していただきたい。それと人形師の玄馬斎どのも」

松平駿河守が端整な眉をひそめた。

「そなたの父上がいなくなったというのか。いつのことだ」

「おそらくおとといの夜のことだと」

「それが余の仕業だと申すのか」

「ちがいますか」

文之介は見返していった。

「人形師の玄馬斎という男に、人形の注文をしませんでしたか」

「したかもしれぬ」

「しかし、断られた」

「そうだったかな」

松平駿河守が微笑する。

「まさか、余がそれをうらみに思って、人形師ともどもそなたの父上もかどわかしたというのか」

「さよう」

松平駿河守がうつむく。全身に悲しみの色があらわれた。

「御牧文之介といったか。それはおぬしの勘ちがいにすぎぬ。だが、余はそなたに謝らねばならぬ」

「どういうことにございましょう」

「いずれわかる」

「いま教えていただきたい」

「控えろっ。といいたいところだが、そなたの気持ちもわかる。今はなにもいわぬ。今日のところは黙って引き取るように」

そうはいかぬ、といいたかったが、この男の持つ光背《こうはい》のようなものが、文之介にその言葉をいわせなかった。

「父上は無事なのですか」

それだけをきいた。

「わからぬ」

「わからぬということはないのではないですか」

「余がかどわかしたわけではないのでな。それはそなたもわかっているのではないか。この屋敷に見張りをつけておろう」

知っていたのか。

文之介は愕然としかけた。勇七は平然としているが、やはり動揺しているかもしれない。文之介はすぐに立ち直った。屋敷前にいる二人を、文之介たちが隆作の手下だとすぐに見抜いたほどだ。松平駿河守にわからないと思うほうがどうかしている。

「このにおいですが」

文之介は松平駿河守にいった。

「なんでございましょう」

「このにおいというと」

「おしろいのようなにおいですが、ずっと上品な感じのするにおいです」

松平駿河守が不審げな顔をする。

「それがなにか」

「いえ、このにおいがなんなのか、気になったものですから」

「これよ」

松平駿河守が懐から取りだしたのは、匂い袋だった。

「それは、いつも身につけていらっしゃるのでございますか」

「うむ、肌身離さずだ」

「なにか特別につくらせているものでございますか」

「うむ、そうだ。出入りの店につくらせている」

「では、松平駿河守さま以外でつかっておられるお方はいないのでございますか」

松平駿河守が詰まった。

「いかがにございますか」

「使っている者はおるだろう。余があげた者がいるからだ」

「どなたに差しあげたのでございましょう」

「それをいう必要があるのか」

「おっしゃることが、できぬのでございますか」

「いう必要はなかろう」

松平駿河守が見据えてきた。

「もう引き取ってくれるか」

文之介はなにかいおうとしたが、言葉がうまく出てこない。勇七も不満そうだ。しかし、将軍のせがれにこういわれたら、したがうしか道はない。

「承知いたしました」

文之介はすっくと立ちあがった。勇七も立った。

松平駿河守は、悲しみの刻まれた顔をうつむけている。文之介は目を見たかったが、見えなかった。

「行こう」

文之介がうながすと、はい、と勇七が答えた。

文之介たちは躙り口から外に出た。戸がなかから閉まった。一瞬、松平駿河守の顔が見えたが、それきりだった。

その場に立ちすくんだ文之介たちに、一陣の風が吹きつけてきた。体にしみついた匂い袋のにおいが、払われてゆく。

文之介は坂をくだりはじめた。勇七がついてくる。

「旦那、悔しいですね」

勇七が唇を嚙んでいる。

「ああ、とっつかまえてえ」

だが、自分たちには無理だ。町方が旗本をとらえることなど、できようはずもない。

しかも相手は将軍のせがれである。下手に手をだしたら、こちらの首が飛ぶ。仕事を首になるということではない。文字通り、斬罪《ざんざい》になりかねない。

それでも、丈右衛門たちを助けることができるなら、この命を差しだしてもかまわぬという覚悟はあるが、そういうふうにはまずならないだろう。こちらは犬死になるのが見えている。

文之介たちはくぐり戸から門を出た。外の道を歩きだす。

「悔しいですねえ」

勇七がまたつぶやいた。文之介は振り返った。勇七を見やる。

「勇七、このままにはしねえよ。必ずとっつかまえるさ」

「しかし旦那、どうするんです」

「そいつはなんとか方策を考えるしかねえ。そのためには、とことん松平駿河守のことを調べあげるしかあるまい。きっとなにかつかめるはずだ」

だが、なにかつかんだからといって、将軍のせがれを斬罪にできるのか。できるはずもない。

なにをやっても無駄ではないか。徒労の思いが、背にずしりとのしかかってくる。

いや、そんなことはない。松平駿河守に威圧するように力をかけ続けていけば、少なくとも丈右衛門や玄馬斎を助けることはできるのではないか。

文之介は隆作の助力をあおぎ、松平駿河守のことをさらに調べた。玄馬斎に人形を注文しようとしたのは嘘ではなかろう。人形が趣味なのか。

松平駿河守の趣味が刀剣、茶、舞であることがわかった。

人形は収集しているわけではない。誰かへの贈り物なのか。

隆作によると、松平駿河守には子はいないということだ。となると、寵愛している女ということになるのか。

だが、いま松平駿河守には、女は正室だけしかいないという。側室は、遺骸で実家の商家に戻された者以降、一人たりとも置いていない。

玄馬斎に注文しようとした人形は、誰のためだったのか。

「気になりますね」

隆作が思慮深げな顔でいった。今日も文之介たちは深川南六軒堀町の蕎麦屋の平埜屋で落ち合った。

「話をききに行ってみますか」

隆作が提案する。

「どこに」

文之介はただした。隆作がすぐに語を継いだ。

「手前がこの前、松平駿河守さまの母親の話をきいた者にです」

与造《よぞう》といった。

但馬屋の番頭をつとめていた。但馬屋の火事のときは逃げだし、なんとかやけど一つ負わずにすんだ。

与造は小ずるそうな顔をしているが、話し方は実直そのものだ。ていねいにわかりやすく話す。その姿勢は、見ていて心地よいものである。

与造に会ったのは、与造の住みか近くの茶店である。茶店といっても、料亭のように建物はしっかりしていた。

与造は但馬屋が燃えたあと、独り立ちし、ものの見事に成功をおさめたのだ。今は店は跡取りにまかせ、妻とともに悠々自適の暮らしを営んでいるとのことである。

与造は、松平駿河守の母親で綾乃という女のことを詳しく話してくれた。

綾乃は大奥に奉公に出て、将軍の手がつき、二人の子を生んだ。そのうちの一人が松平駿河守で、もう一人は死産だった。

綾乃は幼い頃から人形が大好きだった。それも市松人形を最も好んでいた。

そのなかで最も気に入りの人形は、琳海斎《りんかいさい》という人形師のつくったものだった。

琳海斎は天才の呼び声が高く、残っている人形が数少ないこともあって、好事家《こうずか》のあいだでは高値をつけているそうだ。

その琳海斎は玄馬斎の師匠に当たる者だということだ。玄馬斎は琳海斎に師事して、人形づくりの技を余さず習得した。琳海斎も玄馬斎の才を高く評価し、余すことなく技を教えたという。

見る人が見ればちがいはわかるが、ただの好事家ではまずわからないのではないか、といわれるほど、両者の作品はよく似ているとのことだ。出来映えとしても甲乙つけがたいのだという。

綾乃が最も気に入っていた琳海斎の衣鉢《いはつ》を継いでいるのは、玄馬斎なのだ。

与造によれば、松平駿河守が玄馬斎の人形を贈ろうとした相手は、母親しかいないとのことだ。

おそらく、母親の命日に合わせて注文しようとしたのではないか、ということである。

松平駿河守は親孝行なのか。あの聡明そうな目を見た限りでは、確かにそうではないか、と思わせるところはある。

だが、親孝行だからといって、正義の者であるとはかぎらない。これまで文之介が見てきた咎人のなかにも親をひじょうに大事にしながら、片一方で非道なことを平気で行う者はいくらでもいた。

どうして玄馬斎の人形をほしがったのか、その理由は知れた。

しかし、これだけでは松平駿河守を追いこむ材料にはならない。

文之介は隆作の力添えを得て、松平駿河守のことをさらに調べた。調べることで、きっとなにか出てくると信じた。

文之介は、丈右衛門のことが心配でならない。きっと生きているという確信はある。ただし、元気なのか。ちゃんと食事は与えられているのか。

もし松平駿河守の屋敷に監禁されているのなら、そんなにひどいことはされていないのではないかという期待はある。だが、それだって、単に希望をまじえて自分の都合のよいように考えているだけにすぎないのかもしれない。

「刀剣はどうですか」

蕎麦切りを食べ終えたあと、茶を喫していると、不意に勇七がいった。

「例のお方の趣味の一つは刀剣ですね。隆作さんによれば、目がないということですが、こたびの中完さんを殺した刀も、その趣味のあらわれとしたら、どうですか」

「刀剣のことを調べてみたら、なにか出てくると勇七は考えているわけか」

勇七がかぶりを振る。

「いえ、なにか出てくるなどと考えているわけではありませんよ。徹底して調べることで例のお方のことがまた一つわかれば、もしかしたら新たな切り口が見えてくるのではないかと、思ったまでです」

「なるほど」

文之介は相づちを打った。隆作も感心している。

実際、文之介も刀剣のことを調べてみるか、という思いを抱いていた。その勘にしたがうのは、いい方法かもしれない。どこからか、そうするようにと、丈右衛門も念を送ってきているような気がしないでもない。

文之介は宣するようにいった。

「よし、まずは趣味の刀剣に狙いをしぼって、例のお方のことを調べてみるか」

隆作の調べで、松平家に出入りしている武具屋がまず知れた。

文之介と勇七は隆作の案内で、その武具屋に足を運んだ。武具屋の名は末浦屋《すえうらや》といった。

しかし、この店でまず耳にしたのは、松平駿河守の人柄のよさだった。武具屋のあるじは、口を極めてほめたたえたのである。

「あんなにいいお殿さまも珍しいですよ。お屋敷を訪れると、常にやさしいお言葉を手前などにかけてくださいますし、無理して値を安くするようなことはないようにな、とおっしゃってくださいます。本当に名君というのは、ああいうお方を指すのだなあ、と心から思いますよ」

松平駿河守とは、この前茶室で一度、話しただけだが、文之介は確かにあの男にはあたたかなものを感じた。非道をする者には見えなかった。

それなのに、例の匂い袋から、もしやすると松平駿河守が砂栖賀屋に押しこんだかもしれないという疑いも出てきている。玉蔵をはじめとする三人の家臣の首を刎《は》ねて殺し、さらに中完も殺したかもしれない。

それだけでなく、まだあらわれてきていないだけで、もっと別の非道を行っているかもしれない。

だが、松平駿河守と面と向かって話をした今、どうしてもそんなことができる男には見えないのだ。

「鉄板の張られた蔵の扉を斬り割ることができる刀というと、どういう刀工がいる」

武具屋のあるじが目を大きく見ひらく。

「刀工というより、そこまでいくと、腕のほうの問題ではないか、という気がいたしますが」

「しかし、どんなに腕がよくても、得物《えもの》がそれだけのものでないと、鉄板の張られた扉を斬り割ることはできまい」

文之介がいうと、あるじが小さいうなずきを見せた。

「まあ、そうなんでしょうけど、その扉を斬り割ることと松平さまがどういう関係があるのでございますか」

松平駿河守がやったかもしれねえんだ、といえたら、どんなに楽だろう。だが、さすがにそんなことを口にできはしない。

「まあ、いいじゃねえか。松平さまにこれまで納入してきた刀のなかで、そういう真似ができる刀があるかどうか、あるいはそれだけの刀を打てる刀工がいるかどうか、教えてくれ」

はあ、とあるじがいう。

「お役人は、鉄板の張られた扉を斬り割ったのが松平さまだと、おっしゃるのでございますか」

「そうはいってねえ。ただ、ききてえんだ」

釈然としない顔ながらも、あるじが少し考えこむ。

「松平さまは公方さまのご子息と申しましても、ご養子ですから、懐が自由になるというわけではございません。ですから、古来知られている名刀よりも、無名の刀工でも出来のすばらしいものをお求めになることが多うございます」

あるじが刀工の名を何人かあげたが、文之介たちの知らない者ばかりだった。

「あとは、存命の刀工になりますが、霧村《きりむら》という者がおります。松平さまは、この刀工を贔屓《ひいき》にされています。今正宗《いままさむね》とお呼びになるくらい、気に入っていらっしゃいます」

「贔屓にしているということは、よく注文しているのか」

「ええ、そういうことにございます。まだあまり知られておりませんが、すばらしい刀を打ちますよ。いずれ名工として知られ、作品も高騰するのではないかと思っています」

「その霧村という刀工は、近くに住んでいるのか」

文之介は問いを発した。

「はい、近いといえば近いでしょうね。本所のはずれですから。もう向島といってよいところですよ」

文之介は、霧村の住む家の正確な場所をきき、頭に叩きこんだ。

武具屋を出た。

「行ってみますかい」

勇七がきいてきた。

「ああ、行ってみよう」

文之介は隆作に目を転じた。隆作がにこりとする。

「手前もお付き合いさせていただきますよ。今正宗と呼ばれるほどの刀工なら、会ってみたいものですからね」

霧村の家は押上村《おしあげむら》にあるとのことだ。

地理、地勢が得意な勇七が先に立って、歩いてゆく。

「あの家ではないですかね」

足をとめて、勇七が指さした。一町ばかり先に一軒の家が建っている。ほかに近くに家は見当たらない。一番近い家で、二町は優に離れているのではないか。

どこか、人形師の玄馬斎の家と似通っていた。人形師と刀工。なんとなくだが、人嫌いなのではないかと思わせるところがある。そういうところが、こんな辺鄙《へんぴ》な場所を住みかとして選ばせるのかもしれない。

「まわりは田んぼばかりだな」

文之介がいうと、隆作が笑みを頬に刻んだ。

「夜はさぞ蛙《かえる》の声がすごいでしょうね」

「まったくだ。俺は神経が細いから、寝られねえかもしれねえ」

勇七がそれをきいて、うれしそうにする。

「なんだ、勇七、なにを笑ってんだ」

「いえ、旦那はご隠居のことが気にかかっているはずなのに、冗談が出るようになったんで、あっしはほっとしているんです」

「馬鹿、誰が冗談なんかいったんだ」

「えっ、今の、冗談じゃないんですかい」

「俺はいたって、大まじめにいったんだぞ」

「ああ、それは気づきませんでしたよ」

そのやりとりに、隆作が楽しそうに目を細めている。

文之介たちは霧村の家に近づいていった。

「ところで霧村って名だが、名字なのか、それとも名なのか。どうでもいいことなんだが、ちと気になる」

「どっちなんでしょうね」

勇七が首をひねる。

「きいてみたらいいですよ」

これは隆作の言葉だ。

家の壁に沿うように、大量の炭俵《すみだわら》が一杯に積んである。刀を打つというのにたいへんな火力を必要とするのが、これを見てもよくわかる。

南側の窓があけ放たれているが、そこから煙は出ていない。今日、刀は打っていないのかもしれない。

文之介たちは戸口を目指した。不意に戸があき、長身の男が出てきた。両刀を腰に差している。文之介たちをうかがうようにじっと見ていた。

「あれは里村さんじゃないですか」

勇七が声をあげた。

「ああ、まちがいねえな」

もう距離は五間《けん》もない。もはや紛れもなかった。そこに立っているのは、用心棒稼業の里村半九郎である。

文之介にとって、うれしい驚きだ。

「おう、文之介どのではないか。勇七どのも相変わらず一緒だな」

快活な声を投げてきた。隆作に油断のない視線を流す。

半九郎が文之介に目を戻した。

「この家に用で来たのか」

「さようです」

文之介は半九郎の前で足をとめた。

「霧村さんに会いに来ました。少し話をききたいのです」

「御用《ごよう》で来たということか」

「里村さんはどうしてここに」

「なに、仕事さ」

「用心棒ということですね。霧村さんの依頼ですか」

「そうだ」

「どうして霧村さんは、里村さんに用心棒を頼んだのです」

半九郎がちらりとうしろを気にした。

「それは、じかにきいたほうがよいかもしれんな」

半九郎が家のなかに声をかける。戸の向こう側は土間になっている。

「霧村さん、八丁堀のお役人だ。入れてもよいか」

その声に応え、のそりと土間に人影が立った。

「八丁堀のお方がどんな用事ですか」

もっと歳を取っているのかと文之介は思っていたが、意外に若い。まだ三十代半ばといったところではないだろうか。

頭を総髪《そうはつ》にしている。髪は黒々として豊かで、つやを帯びている。大きな目はまん丸で、どこか人のよさを覚えさせるが、瞳の奥に鋭さを秘めている。このあたりは刀工らしいといってよいのか。

鼻は潰れたように低く、唇は上下ともに分厚い。そのあたりは性格の鈍重さを感じさせないでもないが、こういうところが重厚な作風を生む力になっているというようなことはないのか。

文之介は霧村に名乗り、勇七と隆作を紹介した。隆作の身分をどういうふうに説明すればいいか、わからなかったが、隆作が事前に、岡っ引でいいですよ、といってくれていたので、そういうふうに文之介はいった。それから用件を述べる。

「まずは、どうして里村さんほどの凄腕の用心棒を雇ったのか、それをおききしたい」

「そのことですか」

霧村が目を土間に落とす。

「こんなところではなんですから、なかにどうぞ」

文之介たちは家に招き入れられた。

家は広い。優に五部屋はあるだろう。土間にふいごがあった。刀づくりには欠かせないものだ。これで風を送り、鉄を溶かせるような強い火を得るのである。

文之介たちは座敷に通された。八畳間である。清潔で、畳のいいにおいが立ちのぼってきている。替えてから、まだそんなにたっていないようだ。

「先ほどの問いの答えですが」

正座した霧村が背筋を伸ばしていった。

「このところ手前は、何者かに狙われているような気がしてならないのですよ。それで、凄腕の用心棒の里村さんに来ていただいたのです。それだけで気が休まって、だいぶちがいますからね」

「狙われていると思いはじめたのは、いつからですか」

文之介はたずねた。

「つい最近です」

霧村がむずかしい顔で答える。

「どこに行っても、自分を見ている目を感じるんですよ。それが、どうも害意を持って見ている気がしてならなかった」

文之介は顎に手を当て、しばらく考えた。

「松平駿河守さまに贔屓にされているとうかがいました」

「はい、よく注文をくださいます」

「これまで何振り、松平さまに刀を打ったのですか」

「十二振りですね」

「えっ、そんなに」

「もっとも、二振りずつ組のようにして同じ刀を打ってほしいという注文ですので、刀の種類としては六種類ということになります」

「そんなに打ち分けられるものなのですか」

「はい、それはもう」

自信を漂わせて、霧村はあっさりといった。

「古《いにしえ》の名工の作風の写し、真似をして作刀するのは刀工なら誰しもがすることでしょう。それができなければ、刀工として成功するのはむずかしいのではないでしょうか。

手前はそう思います」

文之介は心中で首をひねった。

「しかし、どうして同じ刀が二振り、いるのですか」

「それは手前もよくわからないのですよ。松平さまにうかがったことがありますが、そのときは試し斬りにする一刀と、そのまま使わずに置いておく一刀だとおっしゃっていました。贈り物として使わせてもらうこともあると、おっしゃってもいました」

「贈り物というと、誰にですか」

霧村の顔に、わずかながら誇らしげな色が浮いた。

「松平さまは含みのあるいい方をされました。もしかすると、お父上かもしれません」

将軍へ、ということだ。霧村が将軍に献上するに値するだけの刀を打っているのは、確かなのだろう。

「二振り注文して、一振りだけ大事に保管しておく。そういうことは、よくあることなのですか」

霧村が首を横に振る。

「いえ、あまりないでしょうね。巻藁《まきわら》や竹を斬ったところで、手前の刀は刃こぼれ一つしないでしょう。他の刀工の打った刀と打ち合わせてみても、やはり手前の刀は刃こぼれは起こさぬでしょう」

「鉄板を張った蔵の扉を、四つに斬り割ることはできますか」

霧村はほとんど考えなかった。

「できるでしょうね。もちろん相応の腕を持つ人が手前の刀を用いれば、ですが」

「そんなことをした者がいるのか」

これは半九郎がきいてきた。

「いるのですよ」

「鉄板の張られた扉を四つにして、蔵を破ったのか」

「そういうことです」

「そいつはまたすさまじいな」

「里村さんはどうです。できますか」

「俺の差料《さしりょう》もたいしたものだぞ。もともと俺は大名の落とし胤《だね》だからな、名刀を帯びているんだ」

半九郎の場合、どこからどこまで冗談なのか、本気との境目がよくわからない。

「しかし、斬れ味という点に関しては霧村さんの刀のほうが上だろう。だから、霧村さんの刀を貸してもらえば、やれぬことはないと思う」

「さすが里村さんだ」

「しかし、できれば、そんな腕を持つ者とはやり合いたくないな」

もしかしたら、ここにも襲ってくるかもしれない。ただ、そんなことは口にできない。霧村を無駄に怖がらせることになる。

「霧村さん」

文之介は呼びかけた。霧村がじっと見返してきた。

「ここ最近、松平さまと諍《いさか》い、もめ事はありませんか」

霧村が、ぎょっとした顔で文之介を見つめてくる。

「まさか、松平さまが手前を狙っているといわれるのではないでしょうね」

「それはまだわかりません」

「しかし、松平さまがそのようなことをされるとは思えません。手前は心よりかわいがってもらっています」

「つい最近、こういうことがありました」

文之介は、玄馬斎がかどわかされたことを告げた。用心棒の丈右衛門も一緒に連れ去られたことも合わせて伝えた。

「丈右衛門どのが連れ去られたのか」

「ええ」

文之介は言葉少なに答えた。勇七が横で小さくうなずいている。

「それが、その松平駿河守という旗本の仕業だというのか」

半九郎がたずねてきた。

「それはまだわかりません」

じっと下を向いていた霧村が不意に顔をあげた。

「関係あるかどうかわかりませんが、最近、こういうことがありました」

文之介たちは黙って耳を傾けた。

「一月ほど前ですが、松平さまから、また二振りの注文を受けたのです。今回は虎徹《こてつ》ふうに打ってほしいとのご注文でした。それがついこのあいだ、急に一振りでよいということになりました。こんなことは初めてで、手前は面食らいました」

「ほう、そんなことがあったのですか。松平さまは、どうしてそんなことをいってきたのでしょう」

霧村が力なくうなだれる。

「手前にはさっぱりわかりません」

霧村さん、と文之介は呼びかけた。霧村が目をあげる。

「松平さまに限らず、命を狙われるような心当たりはありませんか」

霧村がびっくりしたように目をみはる。そんなことをきかれるなど、思ってもいなかったという顔だ。

「心当たりなど、まったくありません。どうして自分が狙われなければならないのか、見当がつきません」

「このところ、誰かと諍いになったというようなことは」

「ありません」

やはり松平駿河守絡みというのが最も考えやすいな、と文之介は思った。

「文之介どの、見てみたくはないか」

それまで黙りこんでいた半九郎が唐突に口をひらいた。

「なにをです」

「霧村さんの刀の斬れ味だ」

「ああ、それは是非。見せてもらえるのですか」

「霧村さんが刀を貸してくれるのならな」

霧村が微笑する。

「それはかまいませんよ。売り物でない刀はいくらでもありますし」

隣の部屋に、十数振りの刀が無造作に置いてあった。いずれも拵《こしら》えはされておらず、白鞘《しらさや》のものばかりだ。

「これらはどうして売らずに取ってあるのですか」

文之介は不思議でならず、霧村に問うた。勇七も同じ疑問を持っているようだ。

「これらは出来映えが悪いということはありません。むしろ逆です。ただ、これらは注文を受けて打ったものではないのですよ」

ああ、そうなのか、と文之介は思った。

「自分の技の向上のためです。確かに、いずれもいい出来で手放すのが惜しいというのもありますが、これらを抜き放って刀身を目にするたびに、どういうふうに打ったときにうまくいったか、思いだすのが容易というのがあります。もちろん、気づいたときにすべて書き留めてはいるのですが、刀身を見たほうがまざまざとよみがえってくるということがあります」

さて、といって霧村が刀を選びはじめた。

「うむ、こいつがいいかな。里村さんほどの腕なら、このくらいの長さ、重さがちょうどよかろう」

霧村が振り向き、一振りの刀を両手で半九郎に差しだしてきた。半九郎が歩み寄り、受け取った。その場で引き抜く。

鈍い光沢を帯びた刀身が文之介の目をきらりと打った。

「すごいな、こいつは」

半九郎がほれぼれしたという口調でいう。

「こんなのを見ると、ほしくなってしまう」

「だったら、差しあげましょう」

なんでもないことのように霧村が口にした。

「その刀も、里村さんほどの腕の持ち主のもとに行くのであれば、喜びましょう」

「いや、そういうわけにはいかぬ」

「でしたら、用心棒代の一部としていかがです。手前の刀はまだそんなに高くはありませんから、いい買物になると思いますよ」

まことか、といわんばかりに半九郎が瞳を輝かせる。すぐに目を伏せた。

「しかし、俺の一存では決められぬ。女房に相談せねば」

半九郎が照れくさそうに鬢をかく。

「俺は女房にぞっこんなのでな。逆らえんのだ。それに幼子がおるのでな、金もきっちりと貯《た》めたいと思っている。刀は商売道具ゆえ、できるだけいいものをそろえたいのはやまやまなれど、なかなか自分の思う通りにはならぬ。世の定めよ」

半九郎が白鞘に刀をおさめた。それを手に庭に出た。

庭には、試し切りの巻藁が立ててあった。半九郎がその前に立つ。刀を抜き、白鞘を地面に置いた。

刀を正眼に構える。半九郎が少しずつ刀を動かしてゆくたびに、日の光が刀身をなめてゆく。

刀は上段に移った。半九郎の気合が宙をほとばしる。

なんの音もしなかった。半九郎が刀を引く。斜めに斬られた巻藁がどたりと音を立てて地面に落ちた。

文之介は声をなくした。勇七と隆作は呆然としている。

隆作が声をしぼりだす。

「巻藁を斬るところは何度も見ていますが、なにも音がしなかったのは、初めてですよ。まるで豆腐でも斬っているように見えましたよ」

「こいつはすごい」

半九郎がしびれたような表情で刀を見つめている。

「刀は、昔のもののほうがよいといわれている。今の世に、これだけの刀を打つ者がいるとは奇跡に近い」

半九郎のつぶやきが文之介の耳に届く。

霧村の家をあとにした文之介たちは道を戻り、一軒の茶店を見つけ、長床几に腰をおろした。茶と団子を注文する。

だいぶ傾いてきているが、太陽は穏やかな光を放って、江戸の町を照らしている。風は少しあるが、大気はあたたかで、気持ちが伸びやかになる。

もっとも、とらわれの身である丈右衛門たちのことを考えると、途端に顔が暗くなりそうになる。

だが、暗くなっていても、いいことなど一つもない。ここは笑いながら明るく探索していくのがよいのではないか。

なにが起きようとめげずに笑っているほうが、この世はいいことがやってくる。それは確かなのではないか。笑う門には福きたる、というのは真理のような気がする。

すぐに茶と団子はもたらされた。文之介たちは団子を食べ、茶を喫した。

「なかなかうめえ」

文之介は団子をむしゃむしゃやった。

「たれがいいな」

「団子もまわりはぱりっと、なかはしっとりしていますね」

勇七が顔をほころばせていう。

「歯応えが実にいい。食べていて、楽しいというのか」

隆作が小さくうなずきながら、この男らしい言葉を口にする。

ほどよい熱さにいれられた茶もうまい。ちょっとした苦みが、渇いた喉にありがたい。体が喜んでいる。そんな気持ちがわきあがってくる。

「それにしても、すごかったですねえ」

湯飲みを両手で握り締めて、勇七が感嘆の思いを隠すことなくいった。

「巻藁の試し斬りか」

「ええ、さいですよ。あっしはびっくりしました」

「ええ、まったくですよ」

隆作が大きく顎を動かした。

「あれだけ斬れる刀があるなんて、信じがたかったですよ。あれなら、兜《かぶと》や石灯籠《いしどうろう》なんかも斬れるんじゃないですかね。鉄板の張られた蔵の扉が斬られても、不思議はないでしょう」

「すごい刀だよな。もっとも、それだけの腕がなければ意味はねえが」

「旦那は霧村さんの刀なら、鉄板の張られた扉を斬ることはできますかい」

「どうだろうな。けっこう剣には自信があるんだが、心技体の充実と呼吸、間合がうまく合えば、やれるかもしれねえ」

「御牧の旦那なら、やれますよ」

隆作があっさりといった。

「どうしてだい」

「悪党がやれているからです。砂栖賀屋に押し入った悪党は、心技体が充実しているようには思えない。そこそこの腕はもちろんあるんでしょうが、扉を斬り割ったときは、刀のほうにほとんどを頼っていたはずです。だから、御牧の旦那はやれます。悪党よりもっとたやすくできるはずです」

「ならば、今度、挑戦してみるか」

「駄目ですよ、旦那」

勇七があわてていう。

「どうしてだい」

「金蔵の扉を斬り割るなんて真似をしたら、お縄になっちまいますよ」

「馬鹿、これは冗談なんだよ。本気でやるわけねえだろうが」

「なんだ、そうだったんですかい。どうも旦那のいうことはわかりにくいですね」

「おめえ、本当に勇七か。中身がどこかで入れちがったんじゃねえのか。本物の勇七は俺との付き合いが長えから、滅多にそんなまちがいはおかさねえ」

文之介は口をつぐんだ。

「どうしたんですかい、旦那。急にまじめな顔になって。ご隠居のことを思いだしたんですかい」

「父上か。元気にしていればいいな。もちろん、玄馬斎さんもだ。いや、二人ともきっと元気にしているさ」

文之介は小さく首を振った。

「考えていたのは父上のことじゃねえ。霧村さんの刀のことだ」

「なにを考えていたんですかい」

「それはな」

文之介はまわりをはばかって、声を低めた。茶店にはけっこう客が入っている。笑顔で会話をかわしている者ばかりだが、黒羽織の町方役人がそこにいることに気づいていて、なんだろう、と興味津々の目を向けてきている者も少なくない。

「どうして例のお方は、二振りの刀を常に打たせていたか、だ」

「公方さまへの贈り物にすると、霧村さんはいっていましたけど、旦那はちがうと考えているんですかい」

「ちがうと思うな」

「ちがうとなると、どういうことだと考えているんです」

「まだ仮定の話だが、一つ、もしやそうではないかという思いがある」

「旦那、教えてください」

「手前もききたいですね」

「いいよ。あまりたいした考えじゃねえんだが、話そう」

文之介は茶を喫して唇を湿した。

「松平駿河守、いや、例のお方は実は双子なんじゃねえのか」

「えっ」

勇七が目をみはる。隆作は黙って文之介を見つめている。

「例のお方の母親の綾乃どのは、二人のお子を生んだとのことだった。だが、一人は死産だったということだが、実は死産ではなく、生きているんじゃねえのか」

勇七と隆作は言葉をはさまず、ただきく姿勢を取っている。

「俺が双子ではないかと思う理由は、俺を襲ってきた頭巾の男の目が、例のお方とまったく同じだったからだ」

二人が同時に顎を引く。

「死産とされたほうは弟じゃねえかな。双子は不吉といわれるし、特に武家ではそう信じる者が多いからな。生まれたときに弟を殺すことも珍しくはない」

はい、と勇七がいい、隆作は無言でうなずいた。

「しかし、いくら双子が不吉といっても将軍の子息をたやすく殺せるとは思えねえ。死産ということにして、ひそかに市井《しせい》に放ったんじゃねえのか。俺が、それが弟だと思うのは、やはり兄のほうがふつうに生かされると思うからだ。実際に例のお方は、評判のいい殿さまとして暮らしている」

それをきいて勇七が、ふうと盛大に息をつく。

「では、松平駿河守、いえ、例のお方の実の弟がこれまでのすべての悪行を行い、しかも例のお方に罪をなすりつける真似をした。こういうふうに考えていいんですかい」

「まだ証拠はなにもねえからな、断言はできねえ。だが、双子だと考えると、すべての辻褄《つじつま》が合ってくるのは確かだ」

「なるほど」

隆作が久しぶりに声を発した。

「それにしても、どうしてその双子の弟は兄に対して、非道を行うんですかね」

文之介はさらに声を小さくした。

「うらみがあるのかもしれねえな。将軍家ともなれば、いろいろとどろどろとしたものがあるだろう」

隆作が思いだしたように大きく息をした。

「いつも二振り注文していた刀の行く先は、その弟かもしれませんね」

「俺もそう思う」

そうか、と勇七がいった。

「例のお方は、惨劇に霧村さんの刀が使われたのを知って、急遽《きゅうきょ》、こたびの注文を一本にしたんですね。弟にあげようという気がなくなったんですね」

「そういうことだろうな」

文之介は同意を示した。

「その弟は、今どこでなにをしているんですかね」

「わからねえ。必ず探しださなきゃならねえ。そして罰を与えてやる」

果たしてできるだろうか、と文之介は自問した。こちらも将軍のせがれであるのは紛れもない。

きっとできる。

文之介は自らにいいきかせた。

弟は死産とされた男だ。日なたを歩ける男ではない。

きっとなんとかできる。いや、必ずなんとかしてみせる。

二

実は死産ではなかった、というのを確かめたい。

だが、綾乃の出産は大奥での出来事だ。しかも三十年近く前の話である。確かめようがなかった。

仮にそのときの御典医《ごてんい》が今も存命で、それが誰か特定できたとしても、真実を話すとは思えない。

文之介たちは、綾乃の実家である但馬屋の番頭だった与造を再び訪ねてみた。なにか知っているかもしれない、という淡い期待がある。

「ええ、お嬢さまの死産というお話は確かにききましたね。しかし、手前が覚えているのは、お嬢さまが妊娠されたのは、ただの一度きりだったのではないかということですよ。今の松平駿河守さまをお生みになったときのことですね。少なくとも手前は、お嬢さまが懐妊されたのは、ただの一度しか記憶がありません」

この話は、文之介の推測を裏づけるものである。

今は、松平駿河守には双子の弟がいるという前提で、文之介たちは探索を進めることにした。

文之介たちは与造の家をあとにしようとした。だが、少し引っかかることがあるのを文之介は思いだした。

「但馬屋の火事だが、原因はなんだ」

「隣の家が火をだしましてね、それがこちらにも及んだんです。ちょうど風の強い日で、あっという間の出来事でしたよ」

そのときのことがまざまざとよみがえったのか、与造がぶるりと身震いする。額に汗が浮いていた。

「付け火とかではないのだな」

文之介は確かめた。

「ええ、失火というやつですね。寝たばこらしいですよ」

「奉公人たちは助かったが、家人たちはほぼ全滅とのことだったな。生き残ったあるじが家人のあとを追って首をつったときいた」

「家人のあとを追ったというのはまちがいないんでしょうが、旦那さま、あのときひどいやけどを負われましてね、そのやけどのひどさに耐えきれなかったようですよ。お医者さまは必死の手当をしてくだすったんですけどねえ」

与造が疲れたような息をついた。もうかなりの歳だ。それに加え、肝の臓でも悪くしているような顔色をしている。

「おめえさん、松平駿河守さまのことや、綾乃さまのこと、もしくは二人のことに関することを、なんでもいいから、あるじからきいてねえか」

与造がゆっくりと首を振った。

「いえ、なにも。――ああ、そうだ。手当をされたお医者が、旦那さまのやけどの手当をしている際、なにかきいたとかいっていたような気がしますねえ。なんといったのか、手前はもう忘れちまったんですけどね。すみませんね」

あるじの手当をした医者は甲信《こうしん》といい、今も存命とのことだ。しかも、与造の家の近所に住んでいた。今も医者をしているという。ほとんど会うことはないが、ときおり前を通りかかったとき、なかをのぞいてみるが、あまり繁盛している様子ではないらしい。

診療所は、与造のいった通りの場所にあった。

古ぼけた建物だ。閉めきられた戸口の庇が今にも落ちそうになっている。小さな地震が起きただけで、崩れてきそうに見える。

この庇を見ただけで、患者はおそれを抱いて、なかに入ろうという気をなくすのではないか。甲信の診療所がはやっていないのは、まちがいなかった。

庇をこわごわと見つつ、文之介たちは戸口の前に立った。すぐさま響きのよい声で、勇七が訪《おとな》いを入れる。

しかし、沈黙しか返ってこない。

勇七がもう一度、なかに声をかけた。

「ああ、どうぞ、あいているんで、入ってくだされ」

しわがれた声が奥のほうからした。

失礼しますよ、といって勇七が戸を横に滑らせた。薬湯らしいにおいがじんわりと這い出てきた。

文之介たちは土間に入り、履物を脱いで上がり框《かまち》からあがった。

すぐそこが八畳間になっている。誰もいない。薬湯のにおいが強まり、少し息苦しいくらいだ。

八畳間の隣の部屋に、眼鏡をかけた年寄りがちょこんと座り、文机の上に広げた書物を読んでいた。

「あの」

勇七が横顔に声をかける。しかし、こちらを向かない。

「甲信先生ですか」

年寄りがびっくりしたように腰をあげ、あわててこちらを見る。

「ああ、そうか。さっき声をかけてきた人か。なんだ、三人もいるじゃないか。そのうちの一人は町方のお役人だ」

喉に痰《たん》が絡まったような声で、年寄りがぶつぶつつぶやく。

「久しぶりに大繁盛だ」

文之介は家のなかをさりげなく見まわした。どうやら一人暮らしのようだが、ちゃんと片づいている。火鉢の上にやかんがのっており、しゅうしゅうと湯気を立てていた。薬湯はこのなかに入っているようだ。

「甲信先生ですね」

勇七があらためてきく。年寄りが思いきり顎を上下させた。白髪が一杯で、しわだらけの顔をしているが、歯は丈夫のようで、ふがふがしてはいない。

「ああ、わしが甲信だよ。さて、おまえさんたち、どこが悪いのかな」

「座ってもよろしいですか」

「ああ、どこでも好きなところにお座りなさい。ご覧の通り、誰もおらんから、遠慮することはない」

甲信がよく光る目で文之介たちを順繰りに見てゆく。

「ふむ、三人とも健やかそうじゃな。悪いところなどなさそうに見えるが、どこか痛いところでもあるのかい」

「いえ、診てもらいに来たわけではないのです。少し話をきかせていただきたくて、足を運んできました」

勇七がていねいに説明する。甲信が見るからに落胆した。

「なんだ、患者ではないのか。大儲《おおもう》けだと思ったのに」

甲信が文之介に目を当てた。

「お役人がわざわざ見えたということは、なにか犯罪についてお話をききたいということですかな」

「そういうことです」

これは文之介がいった。立っているのもなんなので、文之介たちは腰をおろした。

甲信の目の前に座った文之介はすぐさま問うた。

「先生は但馬屋さんの火事のことを覚えていますか」

「覚えているさ、よーくね」

甲信がいきる。

それをきいて、文之介は安堵した。勇七と隆作も同じ思いを抱いたようだ。

「その前にちょっといいかね」

甲信が文之介にいう。

「謝礼はいただけるのかね。そのなんだ、わしの仕事の時間を潰すことになるのだから、これは正当な求めだと思うのだが、いかがかな」

「ああ、もちろんお支払いいたしますよ。安心してください」

「そうか、そうか。払ってもらえるのか」

甲信が相好を崩す。

「それで、いくらかの」

「一朱《いっしゅ》ではいかがです」

懐におさめているいくつかの紙ひねりには、一枚の一朱銀が入っている。

「一朱か。正直いえばもう少しほしいところだが、まあ、致し方ないの。そのくらいが妥当なところじゃろうな。あまり欲をかいても仕方ない」

これで交渉は成立したわけだ。文之介は軽く咳払いした。

「あの火事で、但馬屋の家人のなかで唯一生き残ったあるじを覚えていますか」

「ああ、覚えておるとも。民右衛門《たみえもん》さんだ」

「民右衛門さんは、ひどいやけどを負いましたね」

「ああ、ひどかった。特に顔をひどくやられてしまったね」

「先生、手当をしている最中、民右衛門さんはなにかいったそうですが、なんといったか、覚えていますか」

「ああ、うわごとを確かに口走っていたね。あれは、こういったんだよ」

甲信が、もったいぶったように少し間を置いた。

「双子の祟《たた》りだ」

やはり、と文之介は思った。ということは、民右衛門は綾乃が双子を生んだことを知っていたのだ。大奥からの宿下がりのとき、綾乃からきかされたのかもしれない。

文之介たちは顔を見合わせた。勇七と隆作の目には、やりましたね、という思いがたたえられている。

文之介は懐から紙ひねりを取りだした。

「どうぞ、お礼です」

「これでよいのか」

拍子抜けした顔だ。

「かたじけないのう」

甲信がうやうやしく受け取る。それを文机の上にそっと置いた。

「これでしばらくは息をつけるの」

ほっとしたように甲信がいった。

一朱では、諸式《しょしき》が竹の子のように勢いよく値上がりしている今、そんなには長く保《も》つまい。しかし、文之介たちには甲信の暮らしぶりを見てやる余裕はない。

大丈夫だろう、という思いが文之介にはある。きっと今も近所の者が面倒を見ているに決まっているのだ。

この診療所もよく片づいている。掃除も行き届いている。これは、やはり近所の女房が来てくれているにちがいなかった。おそらく順番で来ているのだろう。

よくよく礼をいってから、文之介たちは甲信の診療所をあとにした。

三人で少し話をしたかった。近くに茶店があるのを思いだした勇七の案内で、文之介たちは長床几に腰をおろした。先ほどの茶店と同じようにまた茶と団子を頼む。

ここの団子はあまりうまくなかった。茶はまずまずだったが、そのせいか、客の入りはよくなかった。

「松平駿河守さまの下に弟がいるのは、まずまちがいありませんね」

隆作が目を輝かしていう。

「さすがに御牧の旦那ですよ」

「なんてことはねえよ」

文之介は一応は謙遜《けんそん》した。

「これで問題は、弟がどこにいるのか、ということですね」

「松平駿河守さまなら、ご存じなんだろうけどな」

　文之介は、元加賀町の屋敷内の茶室で会ったときのことを思いだした。松平駿河守は苦しそうな顔をしていた。

あれは、出来の悪い弟の行いに苦慮している表情だったのだ。しかし、どうあっても弟をかばい通そうという意志も、今となれば感じられた。

「弟のことをたずねたところで、まず教えてはくれねえだろう」

「そうかもしれませんねえ」

勇七も松平駿河守の顔を思いだしたようだ。

「せめて名がわかれば」

隆作が悔しげにいう。

「調べようがねえか」

文之介は隆作にきいた。隆作が弾かれたように顔をあげた。

「いえ、必ず調べあげてみせますよ」

文之介は微笑した。

「俺たちもがんばってみるからな、隆作も頼む」

「おまかせください」

隆作が茶をぐいっと飲み干した。ご馳走になります、といって文之介と勇七に頭を下げ、あわただしく茶店を出ていった。道を行きかう人々のあいだに紛れ、姿はあっという間に見えなくなった。

「弟は生きていますね」

「ああ、まちがいねえ」

文之介は断言した。

「松平駿河守さまのように養子に入ったか、新たな家を興したのか。とにかく、この江戸の空の下で息をしている」

「旦那、弟は死産ということで処理をされたんですよね」

勇七が確かめてきた。

「そうだ」

「だとすると、養子というのはないんじゃないですかね。死人を養子に入れるってのは、考えにくいですよ」

「ああ、それは勇七のいう通りだな」

文之介は素直に認めた。

「だとすると、新しい家を立てさせてもらったということだ」

すでに日暮れが近い。文之介と勇七は町奉行所に戻り、書庫の武鑑《ぶかん》を当たった。

武鑑は大名や旗本の姓名、紋所《もんどころ》、出自、石高、職務、家臣の姓名など、事細かにまとめられたものだ。公が発行するわけではなく、民間の本問屋がだしている。

時間をかけ、火がつくのではないかと思えるほど武鑑をじっくりと見たが、それらしい家は見つからなかった。

翌日、文之介は勇七とともに、再び深川元加賀町に足を向けた。

ここで松平駿河守の噂を手に入れ、弟に関することが少しでもわかればという思いだった。

文之介と勇七は疲れを見せずに界隈をききこんだが、弟のことを知っている者に出会うことはできなかった。

「方向を変えたほうがいいかな」

昼餉に入った蕎麦屋で、文之介は勇七にいった。すでに二枚の蕎麦切りは胃の腑におさまっている。平埜屋ほどではなかったが、なかなかうまい蕎麦切りで、文之介は十分に満足した。

「どういう方向に舵《かじ》を切るんですかい」

勇七が茶を喫してきく。

「やっぱりせがれのことを一番知っているのは、かあちゃんだってことだ」

「かあちゃんというと、綾乃さまのことですかい。もうとっくに亡くなっていますよ」

「そのくらい俺も覚えている。まだ耄碌したわけじゃねえ」

「失礼しやした」

「いや、別に謝るほどのことでもねえよ」

文之介は天井を見あげ、それから目を勇七に戻した。

「綾乃さまは、死産として処理されたとはいえ、自分がおなかを痛めた双子の弟が生きていることを知っていた。これは、綾乃さまの父御《てご》の民右衛門さんが双子のことを知っていたことから、はっきりしているよな」

「ええ、旦那のいう通りです」

「死産として処理された我が子が、実は生きている。そのことを知っている母親が、その子に対して、なにもしねえっていうのは、ちと考えにくい」

勇七が大きくうなずいた。

「綾乃さまがその子に対し、目立つようなことをしたことがあるかもしれないってことですね」

「目立つかどうかはわからねえが、不憫《ふびん》な我が子になにかしてあげたいって思うのは、自然だろう。綾乃さまが宿下《やどさ》がりしたときなど、どこかに寄ったことなんかあったんじゃねえのかなあ」

勇七が何度もうなずきを繰り返す。

「旦那、それはいい考えだと思います。となると、話をききに行く人はもう決まりましたね」

「ああ、一人しかいねえ」


また町方役人がやってきたことに、案の定、与造は目を丸くした。

「手前のところなんかに、よくこんなに足を運んでくださいますねえ」

文之介と勇七を座敷に導き入れて、与造がいった。

「おまえさんが教えてくれることが、とても有益だからだ」

「えっ、そうですかい。御上のお役に立てれば、そりゃうれしいですけど、そんなにためになりますかい」

「ああ、なるぞ。だから、また来させてもらったんだ」

「さようですか。それで、今日はどんなことをおききになりたいんですかい」

「綾乃さまのことだ」

「はい」

「宿下がりはされたな」

「はい、何度もされました。お嬢さまにとって、息抜きの時間だったんだろうと思います」

「それだけ大奥というのは、息苦しい場所だってことだな。宿下がりされたとき、他出はされたか」

「それはもう」

「どこに行った」

「よく足を運ばれたのは、やはり松平駿河守さまのお屋敷でございました」

これは、当然だろうという気がする。

「ほかに行ったところはないか」

文之介は問いを続けた。

「但馬屋の菩提寺にお墓参りにも行かれました。お嬢さまはおばあさんによくなついておりまして、そのお墓参りでございました」

「ほかにはないか」

「ほかに、でございますか」

与造が顎に手を当て、考えこむ。鼻の頭をさすりだした。

「友のところはどうだ」

文之介は助け船のつもりでいった。

「いえ、ご友人はいらっしゃいましたけど、お子をお生みになってからは、ほとんど会うことはなくなっていました」

「綾乃さまは、習い事には通っていなかったか」

「通っていらっしゃいましたね」

愁眉《しゅうび》をひらくように与造がいった。

「あれはお茶でした」

「茶のお師匠に会いに行ったとかは、なかったか」

「ありませんでしたね。お師匠は、その頃には確か亡くなってしまっていましたから」

「ほかに習い事はしていなかったか」

「舞でしたね。しかし、そのお師匠も亡くなっていました」

そうか、と文之介はいった。茶と舞。いずれも松平駿河守の趣味である。

松平駿河守は、母親の綾乃から趣味を受け継いだのだ。

これは、与造さんから引きだせるものはないかもしれねえ。

文之介は覚悟した。趣味というのなら、ということで、なにも意味はねえだろうな、と思いつつ、口にしてみた。

「まさかと思うが、綾乃さまは刀剣に造詣が深いというようなことはなかったか」

「刀剣ですか」

与造が首をひねる。

「いえ、きいたこと、ありませんねえ。なにしろ、包丁もほとんど持ったこと、ありませんでしたからね」

大店の箱入り娘なら、ふつうはそういうものだろう。お春は包丁が上手だが、あれはどこに嫁に行っても困らないようにと、藤蔵がそういうふうにしつけたのだ。

「あっ、そうだ」

与造が、手のひらと拳をぽんと打ち合わせた。

「思いだしました。手前はお嬢さまの他出のお伴をよくしたものですけど、ときおり駕籠をとめさせては、とある剣術道場を熱心にのぞいていらっしゃいましたよ。手前どもが、もう帰りましょう、とお誘いしても、もう少し、とおっしゃって、その場を動かれませんでしたねえ」

与造がなつかしそうに遠い目をした。

「墓参の往き帰りに、よくそういうことがありましたね」

文之介と勇七の二人がやってきたのは、深川熊井町《くまいちょう》である。

目当ての剣術道場は、ちゃんと与造のいった場所にあった。

岡坂《おかさか》道場である。天谷《てんこく》飛翔一刀流と看板が掲げられていた。

「こいつは、てんこくひしょう、と読むのかな。ずいぶんと大仰な流派名だぜ」

「さいですね」

勇七が連子窓からなかをのぞきこむ。

「けっこうなはやりっぷりですよ」

「ふむ、本当だな。五十人は軽くいるんじゃねえか」

広い道場一杯に、防具を着けた門人たちが竹刀《しない》を手に、気合とともに激しく打ち合っている。天谷飛翔一刀流というのがどういう太刀を使うのか、門人たちの稽古ぶりからではわからなかった。

勇七が戸口に立ち、訪いを入れた。道場など誰でも入ってもかまわないところが多いから、そのまま足を進めてもいいのだが、いきなり町方の姿を見せられても、門人たちは驚くだけだろう、という心遣いから、文之介たちはいつも断ってから足を踏み入れるようにしている。

文之介たちは、すぐに道場主に会うことができた。奥の座敷である。陽射しが入りこんでいて、あたたかだ。

今日は朝からぐっと冷えこみ、冬が近いことを、寒がりの文之介に感じさせた。その分、紅葉も進んだようで、江戸の町はそこかしこで色づいた楓などを目にすることができる。町全体が色づけされたように美しく、嫌いな冬の訪れを忘れて心が弾む。

「それで、どういうご用件ですかな」

年老いた道場主がたずねてきた。にこにこして、いかにもやさしそうだ。好々爺《こうこうや》という感じである。門人たちを見る目も、孫を見るのと同じにちがいない。こういう人柄に惹かれて、多くの門人たちがこの道場に集まるのかもしれない。

「今もこの道場で剣を学んでいるかもしれませんが、この人が誰か、是非とも教えていただきたい」

文之介は懐から人相書を取りだした。松平駿河守の顔が描かれている。双子だから、これで問題なかろうということで、町奉行所で人相書の達者に描いてもらったものだ。

「これは、栃崎《とちざき》家の若ですな」

「栃崎家ですか」

「ええ、この近所にあったちょうど五百石の旗本ですよ」

「栃崎家の場所を教えてください」

「いや、今はもうないのじゃよ」

「どういうことですか。取り潰しになったのですか」

「いや、どういうことだったか、ある日、不意に栃崎家の者が引っ越していってしまったんじゃよ」

「どこへ」

「さあ、それがわからんのじゃ。近所の者も、誰一人として知らないとのことじゃった。

いきなりのことで、みんな、面食らっていたのう」

　ここまできて、またわからなくなってしまうのか。

　文之介は心中で唇を噛んだ。

　いや、まだあきらめるわけにはいかない。

「この人相書の者は栃崎家の若と呼ばれていたということですが、名はなんといっていたのですか」

「竹之進《たけのしん》といったの」

「栃崎竹之進ですか」

「いや、栃崎家にとって竹之進は預かり者のようで、どうやらちがう姓を持っていたようじゃ。それがどんな姓か、師匠であるわしも教えてもらえなかったのう」

　にこやかに笑っていった。

「竹之進という男ですが、どんな男でした」

　文之介はさらにたずねた。

　この道場主には似つかわしくない、浮かない顔つきになった。

「あまりよい男とはいえなかったの。暗くてな。人を陥れるようなことを平気でやりそうな雰囲気を持っておったの。わしは剣でその性根を叩き直そうとした。だが、剣だけはとんでもなく伸びたが、人間は変わらんかったのう。わしは自らの無力を感じたものじゃったよ」

文之介は勇七をともなって、道場の外に出た。風が吹きつけてきた。かなり冷たく、身震いが出そうだ。

だが、文之介は寒さを感じなかった。どこに行けば竹之進のことがわかるか、必死に頭をめぐらせている。

「口入屋だ」

文之介はつぶやき、勇七を見つめた。

「このあたりに口入屋はあるかな」

勇七が考える。

「ああ、ありますね」

先導をはじめた。

ほんの三町ほどしかなかった。表通りから外れた場所に、『桂庵《けいあん》君沢屋《きみさわや》』と記された看板が出ていた。桂庵というのは、口入屋のことである。昔、慶安《けいあん》という医師が婚姻などの仲立ちをしたことから、人と職を結びつける口入屋も、こういう呼ばれ方をするようになった。

あるじは、栃崎家に確かに中間を入れていたといった。

「栃崎家はどうなったか、知っているかい」

あるじが考えこんだ。

「おーい」

奥に向かって怒鳴った。

「なに」

女の声が返ってきた。

「栃崎さまはどうしていなくなっちまったんだっけな」

女房らしい肥えた女が出てきた。髪がぼさぼさで、文之介と勇七を見て、あわてて身なりをととのえた。

「ああ、すみませんねえ」

しなをつくって挨拶する。

「こちらの旦那が栃崎さまのことについておききになりたいそうだ。教えてやんな」

「なにをえらそうにいっているのよ」

「ああ、すまん」

女房があるじを押しのけるように前に出てきた。

「同業のお内儀に前にきいたんですけど、預かっていた竹之進さまというお方が、新たに家を興されることになり、そっくりその家に家臣の皆さんごと、入ったってことですよ」

「旗本から陪臣《ばいしん》になったということか」

「ああ、そういうことになりますねえ。もともと栃崎さまの弟御が御典医として、働いていらっしゃるというお話をききました。それで、そういうことがあったのかもしれませんね」

意外に思慮深げな顔で女房がうなずいた。

「でも栃崎さま、そのおかげで五百石から四千石になったらしいですから」

「えっ、そうなのか。その新しく興された家というのはなんというんだ」

女房が困った顔つきになった。

「それが覚えていないんですよ。話をきいたお内儀もうろ覚えだったし」

それでも、一所懸命に思いだそうとする姿勢を見せてくれた。

「ああ、そうだ」

顔を輝かせた。

「思いだしたか」

文之介は勢いこんできいた。勇七も身を乗りだしかけた。

「いえ、一文字だけ」

ちょっと拍子抜けだったが、なにも思いだされないよりいい。

「なんという字がついていた」

「『世』という字ですね」

「『世』か」

文之介はどんな名字があるだろう、と頭を働かせた。

世田谷、世田、世良、世羅などか。

それ以外、今は思いつかない。また武鑑を見れば、ちがうだろうか。

文之介は、一度、町奉行所に戻ってみることにした。

大門をくぐろうとしたとき、文之介は呼びとめられた。

隆作の手下だった。

「だいぶしぼれたそうなので、平埜屋においで願えますか、ということなのですが」

「ああ、行こう」

文之介はすぐさま答え、勇七とともに歩きだした。うしろを手下がついてくる。

「俺たちをだいぶ待ったのかい」

「いえ、そんなには。せいぜい四半刻くらいです」

「そのくらいなら、待つのもそんなに苦じゃねえな。しかし、下手すれば一刻以上は待ったかもしれねえぞ」

「それでもいいんです。待つのも仕事のうちだって、親分からいつもきつくいわれていますから」

「いい心構えだ」

文之介は心からほめた。

蕎麦屋の平埜屋に隆作はいた。奥の座敷で茶を飲んでいた。分厚い本が置いてある。武鑑だ。

「すみません、お呼び立てしてしまって」

隆作が深々と頭を下げる。

「いや、かまわねえよ。だいぶしぼれたそうじゃねえか」

「御牧の旦那のほうも、同じじゃないんですかい」

「どうしてそう思う」

「御番所に戻ったということは、武鑑をご覧になりに行かれたってことでしょう。それがどういうことか、考えると、答えはすぐに導きだされますよ」

「ほう、さすがだな」

文之介と勇七は、隆作の向かいに腰をおろした。

「手前が調べあげたのは、こいつらです。いずれも新しく興された家ですよ」

一枚の紙を畳の上に広げた。それには、五つの名字が記されていた。

高梨《たかなし》、世良田《せらた》、世田谷、東岡、世井田。

「公方さまのご子息なら、世良田が一番くさいんですがね。世良田という姓は、徳川家の昔の姓ですから」

「なるほど」

文之介は、世の字がつく三つの姓をにらみつけた。

「世がつく家だ。そして、その家には栃崎という家臣がいるのが、俺たちの調べでわかった」

「栃崎ですか」

隆作が手際よく武鑑を繰る。

しばらくじっと調べていたが、やがて目をあげた。手応えのある顔をしている。

「あったか」

「ありましたとも」

「どれだ」

笑顔でいった。

「やはり世良田家でした」

そうか、と文之介はいった。

「ついに見つけたな」

「ええ、やりましたね」

次の瞬間、隆作が目をぎらつかせた。勇七も闘志を燃やしはじめている。

そうだ、これでおしまいじゃねえ。これがはじまりなんだ。

見つけだしたからって、ほっとしている場合ではなかった。

文之介は腹に力を入れ直した。

それでも、少なくとも、これで丈右衛門たちの居場所に一歩、近づいたといってよかった。

三

竹之進という名も、考えてみれば、徳川家康の幼名である竹千代にちなんでいるのかもしれない。

文之介と勇七は世良田家の前にやってきた。隆作も一緒である。

「あっ」

文之介は知らず声を発していた。門前に世良田竹之進が立っていたからだ。

いや、ちがう。そこにいるのは、松平駿河守だ。

ゆっくりと歩み寄ってきた。微笑している。やさしげな笑みだ。いいにおいがしている。例の匂い袋だ。

「そなたらが来る予感がしていた。だから、一人、屋敷を抜けだしてきた。それでも、一刻ばかり待ったな」

立派な長屋門に目を向ける。

「うちよりだいぶ下の四千石だ」

「ここにかどわかされた玄馬斎さんや我が父がいるのですか」

文之介は松平駿河守に問うた。

「いや、ここではないな。いま弟はこの屋敷におらぬゆえ」

「では、どこにいるのです」

「向島に別邸がある。おそらくそこだろう」

文之介たちは一緒に世良田竹之進のいる別邸へと向かった。

といっても、将軍の息子と肩を並べるわけにはいかず、文之介たちはうしろを進んでいる。

「砂栖賀屋という商家に押し込みがあったな。あれは弟の仕業だ」

「さようですか」

「驚かぬな」

松平駿河守が口を動かして静かに笑う。

「調べはとうについておったということか。当たり前よな。この匂い袋のにおいが残っていたのかな」

「さよう」

「この匂い袋は、母が残してくれたものよ。においのもとを調合してもらい、特別に作ってもらっている。弟にもあげているゆえ、砂栖賀屋でにおったのも無理はない」

「どうして押し込みを」

「余に対するいやがらせだな」

「では、松平さまの家臣を殺したのも弟御ですか」

「そうだ。余は弟がなにか企んでいることを察知した。双子だから、そういう勘がよく働く。それで家臣たちを世良田家の近くに配しておいた。夜分、屋敷を出た弟たちをつけて、玉蔵たちは斬り殺されたんだ」

そういうことだったのか。

「首を刎ね、顔を焼いたのは、余に対する警告だな。これ以上、深入りすると、同じ目に遭わせるぞ、との。菅田屋の喜吉という赤子がかどわかされたのも弟の仕業だ。やつは幸造という岡っ引と付き合いがあった。あれもただおもしろがっただけだな。中完さま殺しも同じだ」

文之介と勇七は呆然とした。鬼畜だ。

「あの、松平さまのご寵愛が深かった側室が遺骸で実家に戻されたとききました。それももしや弟御の仕業ですか」

「そうだ。やつは余が寵愛していた側室を自分にくれと申した。余はのんだ。それがあの結果だった」

悔しそうにいった。

「もしや松平さまのお屋敷に入った泥棒というのは、弟御の手の者ですか」

「そうだろう。余のことをいろいろ監視していたのだ」

「どうして解き放ったのですか」

「あのときは殺すこともできた。だが、弟の命で忍びこんだ男が哀れだった。殺すのは忍びなかった」

文之介は深く息を吐いた。胸がなにか息苦しい。

「母御のことはいかがです。亡くなった場所が不明とうかがいましたが」

「亡くなったのは、先ほどの世良田屋敷よ。あそこで急な病を得て、亡くなった」

「さようでしたか」

「本来なら母上が行ってはならぬ屋敷だった。だが、弟が呼んだ。病だからと。母上は弟を看病しに行かれた。しかし、その晩、はかなくなられた」

松平駿河守の顔には、深い悲しみの色が刻まれている。

「最初は余が飼っていた猫だった。弟はほしがった。余は猫くらいならとあげた。そうしたら、殺した。犬もほしいといわれた。それも殺された」

松平駿河守は静かに語っているが、わずかながらこめかみに青筋が立っていた。

「だんだんひどくなっていった。弟も抑えがきかなくなっていったのだろう。最後は余の側室だった」

松平駿河守が文之介たちを見る。

「そなたら、双子のようによく似ておるな。顔ではない。雰囲気だ」

その後、松平駿河守は無言になった。黙りこくったまま、ひたすら足を運んでいる。

文之介たちも口を引き結んで、前に進んでいった。

大気がずいぶんと重く感じられた。ずしりと肩にのしかかってくるかのようだ。

別邸に着いた。

さすがに宏壮《こうそう》だ。優に三千坪はあるのではなかろうか。

建物は少ない。敷地のほとんどが庭と林になっている様子だ。

「よし、入るか」

松平駿河守が冠木門の前に立った。門はがっちりと閉まっている。

松平駿河守が刀を抜いた。紛れもなく霧村だ。

一閃《いっせん》させた。さらにもう一閃。

松平駿河守が刀をおさめる。蹴《け》りを入れた。太さが一尺はあろうという門柱が二本ともあっさりと倒れた。

冠木門が轟音《ごうおん》とともに一瞬で崩壊した。もうもうと埃が舞う。

「行くぞ」

松平駿河守が文之介たちにいった。さすがに抗しがたい威厳がある。

敷石を踏んで、母屋の前に来た。玄関はあいていた。

式台の上に人影があった。

松平駿河守と同じ顔をしている。瓜《うり》二つとはまさにこのことだ。

世良田竹之進だ。霧村のものらしい刀を腰に帯びている。

「兄上、待っていた」

「待ち構えているのは、わかっていた。双子ゆえな」

世良田竹之進が唇をゆがめて笑う。

「さすがになんでもできる兄だけのことはある。とても評判のよい兄ゆえ、それも当たり前のことであろう」

「今日は成敗に来た。成敗されたくなくば、腹を切れ」

松平駿河守がいい放つ。

竹之進が憤然とする。

「冗談ではない。どうして俺が腹を切らねばならぬ」

竹之進が不意に唇をぎゅっと嚙んだ。血が出てきた。

「俺は兄を困らせたかっただけだ。甘えたかっただけだ。そんな弟に、どうして腹を切れなどといえる」

「おまえがしてのけたことは、甘えで許されることではない。自らけじめをつけねばならぬことだ」

「けじめなどつける気はない」

竹之進が松平駿河守をにらみつける。

「兄上は生まれも育ちもよい。なに不自由なく育った。だが俺はちがう。俺はずっと日陰の身だった。その育ちの悪さを俺はずっと憎んでいた。世良田という姓もそうだ。松平ではどうして駄目だ。石高も兄上の半分以下だ」

竹之進が叫ぶようにいった。

「俺は忌み嫌われる双子の弟だ。生まれてきた順番がちがうだけで死産とされ、日の当たる生き方ができなかった。だが、兄上はちがう。いいか、俺も兄のように生きたかったんだ。だが、できなかった」

「甘えるな」

松平駿河守が一喝する。

「日陰の身の者すべてが、きさまのような真似をするのか」

「せんさ」

竹之進がうそぶく。

「そいつらは、将軍の息子ではないからな。将軍の息子として生まれついたのに、どうして日陰の道を歩かねばならん。それもただ、双子の弟として生まれただけなのに」

竹之進がにやりと笑った。

「兄上、よいことを教えてやろう」

「なにかな」

松平駿河守が目を光らせてきいた。

「母上のことだ。俺は母上を独り占めしたかった。だが、母上は兄上のことばかり考えていた。一度、俺が病にかかったとき、駆けつけて看病してくれた。だが、兄上も同じ病にかかっているとの知らせがあったとき、母上はごめんなさいね、の一言とともに去っていった。そのときの惨めさが兄上にわかるか。わかるはずもなかろう。そんな目に遭ったことがないのだから」

「よいことというのはそのことか」

「ちがう」

竹之進が唾を吐きだした。

「母上が俺の看病のために、屋敷に来てくれたことがもう一度だけある。俺はもう母上を帰したくなかった。だから、母上が病になるように毒を茶に仕込んだ。これで数日は屋敷にいてくれるはずだった。俺が母上を看病するつもりだった。ところが、母上は急に苦しみだし、亡くなってしまった。俺は呆然としたよ」

竹之進がゆっくりとかぶりを振る。

「それから、俺は抑えがきかなくなった。兄上のものをなんでもほしがるようになった」

松平駿河守が目を怒らしている。

「きさまが母上を殺したのか」

憤怒《ふんぬ》の形相《ぎようそう》だ。

「やるか、兄上」

竹之進が薄く笑う。

「さて、双子同士、どちらが強いのかな」

松平駿河守が刀を正眼に構える。

「手だし無用」

これは、竹之進が居並ぶ家臣たちに命じたものだ。

文之介たちは黙って見守るしかなかった。

弟が下に降りてきた。裸足《はだし》である。刀を抜いた。刀身がきらりとした光を帯びる。まぶしいくらいだ。

二人は一間の距離を置いて、対峙《たいじ》した。

踏みこめば、確実に刃が届く間合である。

一撃で決まる。

そのことを文之介は肌で感じた。

息が詰まる。息をするのでさえ、はばかられる。

二人とも微動だにしない。刀を向け合っている。

刀の振りおろしの速さで勝負は決するのではないか。文之介はそんな予感がした。

風が吹いた。梢が揺れる。その影が松平駿河守の刀に映りこんだ。

刹那《せつな》、竹之進が踏みこんだ。袈裟懸けに刀を振りおろす。

同時に松平駿河守が刀を突きだした。片手での突きである。

「ぐっ」

息の詰まった声を発したのは、竹之進だった。刀が体を貫き、刀尖《とうせん》が背中に見えている。袈裟懸けは松平駿河守の髷《まげ》を飛ばしただけに終わった。

突きは無防備になるが、最も短い距離を刀が動くことになる。

信じられぬ、という顔をしている。

「袈裟懸けでくると思っていた」

苦悶の顔の竹之進が言葉をしぼりだす。

「そのつもりだったが、寸前で変えた」

ざんばら髪になった松平駿河守が竹之進を憐《あわ》れみの目で見る。

「成仏しろ」

竹之進がにやりとする。

「やなこった」

松平駿河守が刀を引き抜いた。

竹之進がどうと音を立てて倒れた。血が噴きだしてきた。みるみるうちに血だまりができる。

すでに竹之進の息はなかった。目が虚空を見つめている。無念の顔つきをしている。

ひざまずいた松平駿河守が目を閉じてやった。

それだけで安らかな表情になった。

「これしか道はなかった」

松平駿河守が瞑目《めいもく》していった。

「ほかにいったいどうすればよかったというのだ」

文之介は一歩踏みだした。静かにいう。

「叱《しか》ってあげればよかったのではありませんか。二人きりの兄弟なのですから」

丈右衛門は蔵に押しこめられていた。殺されなかったのは、竹之進が殺生《せっしょう》に飽《あ》いていたからではなく、丈右衛門を殺したところで、松平駿河守に苦しみを与えることができないからだろうとのことだ。

「よかったあ」

文之介は丈右衛門を助けだして、しみじみいった。

「遅いぞ、文之介」

「これでも精一杯やったんですよ」

丈右衛門ががっちりと文之介の肩を抱いてきた。

「よくやった。うれしい。おまえもすっかり一人前だな」

その言葉をきいて、文之介はすべての苦労が報われた気がした。

人形師の玄馬斎も生きていた。玄馬斎は竹之進から材料を与えられ、黙々と人形をつくっていた。

これまではやる気がいまいち出なかったが、このおかげで出てきたらしい。このあたりは、たくましいとしかいいようがない。

四

その八ヶ月後のこと。

難産だ。

文之介は気が気でない。

前日、お知佳に子が生まれた。こちらは安産だった。

しかし、お春はちがう。

おぐんの顔つきが昨日とはまったく異なるのだ。

おぐんの顔を見ていると、母を選ぶか、子を選ぶか、覚悟してほしい、といわれているような気がしている。

文之介はお春の懇願で、同じ部屋にいた。

お春は苦しくてならない様子だ。息も絶え絶えである。

「こんなに苦しいなら、もう生みたくない」

お春が涙を流す。見ていて文之介もつらかった。

「なにをいってるの。しっかりしなさい」

おぐんが文之介を見る。

「さあ、励まして」

文之介はいわれた通りにした。

「お春、がんばれ。がんばるんだ」

それくらいしかいえない自分は、実に無力だった。

だが、歓喜の瞬間はあっけなくやってきた。

「あっ、もうじきよ。生まれるわよ」

おぎゃあ、おぎゃあ、という声が耳を打つ。八丁堀の組屋敷全体に響くような声だ。

「立派なおちんちんがついてるわ。こりゃ、女を泣かせるわね」

おぐんの軽口がきこえた。目をあげた文之介はおぐんの手に抱かれている赤子を見た。

「でかした、お春」

お春は泣き笑いの顔だ。

襖があいた。

「生まれたか」

これは丈右衛門だ。男の子を抱いている。この子とはきっと兄弟のようになるだろう。

いや、双子か。勇七も顔をのぞかせている。満面の笑みだ。文之介に抱きつきたそうだ。

弥生も一緒にいる。

「生まれました」

文之介は手渡された赤子を高々と掲げた。
「馬鹿、なにをしておる」
丈右衛門に叱られた。
だが、その声はろくに文之介にはきこえていない。
やった、ついに俺も父親だ。
お春を見る。にこにこしていた。
こんなに幸せなことがこの世にはある。
やはり生きているというのは、すばらしいことだ。

二〇一〇年一二月　徳間文庫

光文社文庫

長編時代小説
夫婦笑み《めおとえ》　父子十手捕物日記《おやこじつてとりものにつき》
著者　鈴木英治《すずきえいじ》

2023年3月20日　初版1刷発行

発行者　三宅貴久
印刷　堀内印刷
製本　榎本製本

発行所　株式会社 光文社
〒112-8011　東京都文京区音羽1-16-6
電話 (03)5395-8149　編集部
8116　書籍販売部
8125　業務部

ISBN978-4-334-79513-9　Printed in Japan

組版　萩原印刷